不死神鳥

불사신조

不死神鳥

불사신조

1

BBULMEDIA FANTASY STORY

이주용 신무협 장편 소설

차례

이국의 전설 가운데 불사조(不死鳥)라 불리는 신수(神獸)의 이야기가 있다.

죽지 않는 새, 삶의 마지막 순간에 스스로 일으킨 불꽃 속에서 다시 태어나는 영원불멸의 존재.

그것이 불사조.

불사(不死)의 신조(神鳥).

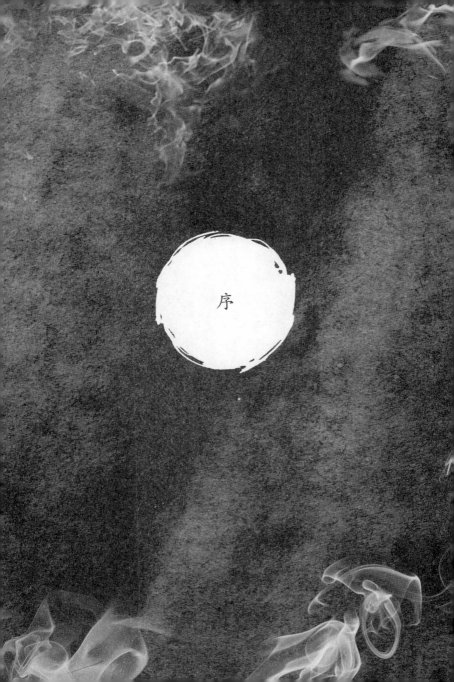

序

대로변임에도 불구하고 사방이 쥐 죽은 듯 고요했다. 구름 한 점 없는 밝은 달 아래 사람의 인기척이 없었다.

완벽히 준비된 '무대'였다. 더 이상은 도망칠 수 없었다.

전직 황실 직속 암룡(暗龍) 십삼조 조원 뇌호(雷虎)는 죽음을 각오했다. 뇌호는 늙었다. 예순을 넘긴 것이 이미 몇 해 전의 일이었다. 몸이 예전 같지 않았다. 십년 전을 기점으로 무공의 성장은 멈추었고, 남은 것은 늙어 쇠약해져 가는 몸뚱이뿐이었다. 하지만 뇌호는 검을 뽑아 들었다. 정면의 어둠을 직시했다.

"은퇴한 지 몇 년이나 지난 노병을 죽이는 데 무슨

가치가 있지?"

"가죽만 남았다 해도 호랑이는 호랑이니까. 당신들은 너무 위험해."

달빛 아래 모습을 드러낸 것은 한창 무의 절정을 이룰 나이인 중년의 사내였다. 그는 용의 문양이 새겨진 하얀 옷을 입고 있었다. 달이 아닌 태양 아래 살아가는 황실의 검, 광룡(光龍)의 상징이었다.

뇌호는 그의 이름을 알았다.

그 역시 뇌호에 대해 잘 알았다.

"너희는 전설이었지. 암룡도 아닌 광룡의 대주인 내가 너희의 이름을 늘 가슴에 품고 살아야 했을 정도로 말이야."

십삼조는 모두 일곱 명으로 구성되어 있었다. 암룡의 여러 조들 가운데서도 그들은 특별했다. 사십 년이 넘는 세월 동안 숱한 임무에 투입되었음에도 불구하고 일곱 가운데 단 한 명도 죽지 않았다. 아직 현역인 한 명을 제하고는 여섯 모두가 살아서 몸 성히 은퇴를 하였다.

그것만으로도 이름을 남길 만한 일이었다. 하지만 그들은 그 정도가 아니었다. 그들 각자가 해낸 임무들, 그들 모두가 힘을 합쳐 해결한 임무들. 그것들 모두가 그들이 전설임을 증명했다.

"하지만 전설의 끝은 초라하군."

십삼조는 이제 늙었다. 검은 녹슬었고, 위명은 색이 바래었다.

뇌호가 쓰게 웃었다.

"백룡(白龍)아, 우리는 애당초 일개 암부에 불과하다. 전설을 논하는 것이 우스울 뿐이지."

귀족 자제들로 이루어진 광룡과 달리 암룡의 구성원들은 태반이 죄인의 자식들이었다. 십삼조도 크게 다르지 않았다.

쓰고 버리는 검. 황실의 어두운 일들을 처리하는 황실의 그림자.

뇌호는 오랜 옛날부터 언젠가는 지금 같은 순간이 올 것이란 것을 알고 있었다. 그들은 황실의 그림자이기에 황실의 어둠을 너무 많이 알고 있었다.

하지만 어째서 지금일까? 그리고 이 일을 어째서 암룡이 아닌 광룡이 처리하는 것일까?

무언가가 더 있는 것일까? 단순히 녹슨 검을 버리는 것 이상의 의미가 숨겨져 있는 것은 아닐까?

뇌호의 생각은 길게 이어지지 못했다.

사내, 광룡의 여섯 대주 가운데 하나인 백룡이 손을

들어 올리자 곳곳에 숨어 있던 궁수 일백여 명이 동시에 몸을 일으켜 뇌호에게 화살을 겨누었다.

"하나하나가 일문의 장로와 비등한 무위를 가진 당신들이 그저 일개 암부라……. 그만 가시오. 나머지 십삼조원들도 금방 따라 보내 줄 터이니 가는 길 외롭지는 않을 것이오."

뇌호는 주변을 둘러보았다. 일백기의 궁수들을 보며 피식 웃었다.

녹슨 검 하나 부러트리겠다고 많이도 준비했구나.

뇌호는 눈을 감았다. 마지막으로 십삼조의 형제자매들을 떠올려 보았다.

첫째 창룡(蒼龍), 셋째 요호(妖狐), 넷째 아랑(餓狼), 다섯째 애묘(愛猫), 여섯째 맹저(猛猪), 막내인 신조(迅鳥).

부디, 모두 살아남기를.

뇌호가 눈을 떴다.

백룡이 검을 휘둘렀다.

밝은 달 아래, 화살의 비가 쏟아져 내렸다.

제막
재생

깊은 산중을 인영 여럿이 비호처럼 내달렸다. 추적이었다. 쫓는 자들과 쫓기는 자가 나누어져 있었다.

쫓는 자들은 모두 사냥꾼이나 약초꾼 차림을 하고 있었다. 쫓기는 자는 검정 일색의 옷으로 전신을 뒤덮은 데다 얼굴까지 두건으로 가리고 있었다.

사냥꾼들보다 쫓기는 흑의인이 조금 더 빨랐다. 산세가 험하기로 유명한 서쪽 땅 중에서도 특별한 불산이었음에도 불구하고 마치 평지를 달리듯 발걸음이 가벼웠다.

거리가 조금씩 벌어졌다. 그리고 마침내 산과 산 사이, 깎아지른 것 같은 절벽 사이에 놓인 흔들다리에서 결정적인 거리가 벌어지고 말았다. 단 세 번의 도약으

로 흔들다리를 모두 건넌 흑의인이 소도를 휘둘러 흔들
다리를 끊어 버렸다. 한발 늦게 당도한 사냥꾼 차림의
사내들은 낭떠러지 앞에서 멈출 수밖에 없었다. 반대편
끝까지는 어림잡아도 칠 장 가까이나 되었다.

흑의인은 안도의 숨을 토했고, 추적하던 이들은 이를
악물었다. 오직 한 명만을 제하고는 말이다.

"부탁합니다, 선배."

약초꾼 차림의 청년이 그리 말했고, 푸른 인영 하나
가 그 옆을 스쳤다. 조금의 주저도 없이 낭떠러지를 향
해 달렸다. 어느 순간 도약해 허공을 갈랐다.

마치 한 마리 수리와도 같은 모습이었다.

저도 모르게 그 비상을 넋 놓고 바라보던 흑의인은
급히 몸을 돌렸다. 하지만 늦었다. 지면에 착지한 순간,
인영이 사라졌다. 흑의인의 바로 옆에서 다시 모습을
드러냈다.

노인이었다. 머리칼은 하얗게 세었고, 이마부터 왼쪽
눈까지 길게 화상 자국이 있는 얼굴은 마르고 주름졌
다. 하지만 그 움직임은 도저히 노인의 것이라 생각할
수 없었다.

흑의인이 검을 휘두르기도 전에 노인의 그 품에 파고
들었다. 흑의인은 가슴이 찔리는 것을 느끼지 못했다.

그저 어느 순간 그 심장에서 절로 돋아난 것처럼 단도가 깊이 자리했다.

"잘 가라."

성대를 다치기라도 했는지 잔뜩 갈라진 노인의 목소리였다.

흑의인은 쓰러졌고, 노인은 서 있었다.

"수고하셨습니다, 선배."

"새파랗게 어린놈이 선배는 무슨."

노인 앞에서 사람 좋게 웃고 있는 약초꾼 차림의 청년은 묘하게 인상이 흐릿해 몇 번 마주쳐도 금방 잊어버릴 것 같은 얼굴이었다. 반면에 허리가 꼿꼿하고 몸이 다부진 노인은 달랐다. 길게 난 화상 자국과 갈라진 목소리 때문에 한 번 보면 잊지 못할 얼굴이었다.

어둠에 녹아들 듯 검푸른 옷을 입은 노인은 발치에 놓인 시체를 턱짓으로 가리켰다.

"이놈, 뭔 짓을 한 거냐?"

노인이 반 시진 전에 죽인 자였다. 청년, 칠조의 조장인 도철은 언제나처럼 평온한 목소리로 답했다.

"모르지요. 그저 세상에 위해가 되는 존재라는 사실만 알 뿐입니다."

노인은 눈썹을 잠시 꿈틀거렸지만, 그 같은 행동이 그리 길지는 않았다. 육십 평생 황실의 암부로 살아오면서 내내 들어온 답이었으니까.

노인, 신조(迅鳥)는 쯧, 하고 혀를 찬 뒤 말을 이었다.

"아무튼 그래서 다음 임무는 뭐냐? 없으면 한동안은 좀 쉬었으면 한다. 늙으니 심장이 안 좋아져서 원. 도대체 은퇴는 언제 시켜 주려는지 모르겠다."

신조가 주절주절 구시렁거리자 도철은 속으로나마 미소를 그렸다. 몸은 노인이었지만 신조는 생각과 행동이 모두 젊었다. 오십 년 넘게 막내 생활을 하면 자연히 그리된다는 것이 신조의 변이었다.

"무릎이고 어깨고 쑤시지 않은 곳이 없……."

"축하드립니다."

도철이 도중에 말했고, 신조는 눈썹을 꺾었다.

"뭘?"

"은퇴 허가가 내려왔습니다. 선배는 지금 이 시간부로 자유입니다."

신조는 다시 한 번 눈을 깜박였다. 도철이 무슨 말을 하는지, 그리고 그것이 무얼 의미하는지 모두 이해했지만 잠시나마 넋을 놓을 수밖에 없었다.

도철은 그런 신조를 이해했다. 챙겨 왔던 봇짐 하나를 신조에게 내밀었다.

"뭐냐?"

반사적으로 받아 든 신조가 되물었다. 도철이 푸근하게 웃었다.

"그간의 노고에 대한 황실의 보상금입니다. 은거하시는 데 필요하실 겁니다."

신조는 봇짐을 풀어 보지 않았다. 무게만으로도 안에 적지 않은 돈이 들었음을 알 수 있었다.

"내가…… 은퇴…… 라고?"

"예, 다른 십삼조 분들은 이미 몇 해 전에 은퇴를 하셨으니까요. 선배가 전설의 대미를 찍으실 때가 온 겁니다."

"일개 암부한테 전설은 무슨……."

작게 중얼거리며 신조는 먼저 은퇴한 형들과 누이들을 떠올렸다. 피는 통하지 않았지만 그보다 더한 것들을 함께 나눈 진정한 형제자매들이었다.

신조가 마지막이었다. 이것으로 십삼조 일곱 명 전원이 몸 성히 살아서 은퇴를 맞이했다.

"이렇게 뵙는 것도 마지막일 겁니다. 하실 말씀은 없으신지요?"

신조가 도철을 처음 본 지도 삼 년이 지났다. 신조는
몇 번이나 입술을 달싹거린 끝에 겨우 말문을 열었다.
약간은 어색한 웃음을 지으며 도철의 어깨를 두드렸다.

"오래 살아라. 살아서 너도 은퇴해."

"새겨듣겠습니다."

암룡에 속한 암부들은 황실의 허가가 있기 전에는 은
퇴도, 혼인도 할 수 없었다. 한 명의 인간이기 이전에
황실의 검이기 때문이었다.

살아서 은퇴하는 자는 많지 않았다. 그리고 그것이
십삼조가 암룡의 암부들 사이에서 전설이라 불리는 이
유 중에 하나였다.

"멀리서나마 선배의 만수무강을 기원하겠습니다."

도철이 마지막으로 예를 표했다.

신조는 미소로 화답했다.

"그래, 잘 가라."

도철은 시체를 어깨에 메고 돌아섰다. 신조도 돌아섰
다. 두 사람은 아예 만난 적이 없는 것처럼 그렇게 멀
어졌다.

'내가 은퇴라…….'

기억이라는 것을 할 수 있을 때부터 암룡에 속해 있

었다. 부모와 형제는 역모 죄로 죽었다는 사실만을 알았다. 그들의 이름이나 얼굴 같은 것은 알지 못했다.

열셋에 첫 임무를 받았고, 그 이후 예순이 된 지금까지 황실의 암부로 살아왔다.

이제 끝났다. 더 이상은 없었다.

은퇴 통보를 받고 삼 일. 요 몇 년 머물렀던 움막에서도 이제 떠날 때가 되었다. 신조는 옷을 정갈히 하고 짐을 꾸렸다. 움막 밖으로 나와 황실이 있는 중앙을 향해 절을 올렸다.

"그래, 이제 끝났어. 할 만큼 했지."

신조는 품에서 은퇴를 허가한다는 뜻이 담긴 서신을 꺼내 움막 밖에 피워 두었던 화롯불에 깨끗이 태워 버렸다.

"허, 그럼 이제 어디로 가 볼까나?"

늙은 몸 하나 건사할 돈 정도는 있었다. 상인의 자식이라 주장하는 셋째 형의 충고대로 적절히 임무마다 노후 대비를 위한 돈을 챙겨 두었으니 말이다.

'남쪽 땅이 따뜻해서 살기 좋으려나? 그러고 보면 형님들과 누님들을 만나러 가 보는 것도 좋겠구나.'

임무가 아닌, 자신의 의지로 어딘가로 떠난다고 생각하니 다 늙은 몸이거늘 주책맞게 가슴이 두근거렸다.

모처럼 만에 얼굴에 홍조를 띤 신조는 기분 좋게 웃으며 발걸음을 내딛었다.

딱 한 걸음을 말이다.

"컥?!"

순간, 숨넘어가는 소리를 토한 신조는 그대로 바닥에 쓰러졌다. 중독 같은 것이 아니었다. 황실에서 보낸 서신에 무언가 수작질이 되어 있던 것도 아니었다.

심부전증.

말년에 얻은 지병이 발작을 일으킨 것이었다.

'아, 안 돼!'

이제야 겨우 은퇴했는데!

하지만 소용없었다. 숨을 쉴 수 없었다. 의식이 흐릿해졌다.

뺨에 닿은 땅의 차가움이 느껴지지 않았다. 희미한 의식 속에서 오만가지 기억들이 빠르게 지나갔다.

주마등이었다.

아무래도 진짜 가야 하는 모양이었다.

찰나, 하지만 세상이 정지했다고 해도 좋을 그 시간.

하나하나 되돌아볼 수 있었다.

첫 살인을 했던 순간, 처음 임무에 투입되었던 때, 죽을 고비를 넘겼을 때, 얼굴에 화상을 입었을 때, 납치했을 때, 고문했을 때, 고문당했을 때…….

'인생이 뭐 이 따위야!'

애틋한 사랑의 추억은커녕 죄다 살벌하기 짝이 없는 기억들뿐이었다. 그나마 십삼조의 모두와 함께 있었을 때는 제법 훈훈했지만, 그 외는 죽이거나 죽을 만큼 고생하거나 고문하거나 고문당한 기억이 전부였다.

가슴이 두근거리는 애절한 사랑 하나 없는 삭막한 인생.

손자 놈 재롱을 보기는커녕 제사상 차려 줄 아들놈도 없었다. 생각해 보니 얼굴에 화상을 입은 이후로는 계집 하나 품어 본 적이 없었다. 어디 그뿐이던가. 나이 육십 먹도록 쳇바퀴 돌 듯 매일같이 임무에만 매진하다가 이제 은퇴 좀 하고 쉬나 했더니 발작으로 인한 죽음이라니.

주마등의 끝자락에서 깊은 회의를 느꼈다. 그리고 동시에 인생사의 허무함과 세상의 부조리를 새삼 깨달았다.

찰나가 지났다. 다시 시간이 흐르기 시작했다. 더는 숨을 내쉴 수 없었고, 의식도 이제는 사라지기 직전이었다.

신조는 모든 것을 놓았다. 애당초 이제는 생각조차

할 수 없었다.

하지만 바로 그 순간, 주마등의 끝에서 얻은 심득이 심법을 자극했다. 심법은 진기를 이끌었고, 회전을 시작한 진기는 단전을 돌아 전신으로 퍼져 나갔다. 막혀 있던 기혈을 뚫고 중단전을 치고 올라갔다. 거기서 그치지 않고 상단전을 향해 나아갔다.

숨통이 트였다. 여전히 어지러운 가운데 신조는 스스로의 몸에 일어나는 변화를 느꼈다. 그리고 직감했다.

'서, 설마?'

얼토당토않은 계기로 얻게 된 별거 아닌 심득으로 인해 벽을 넘어선 것인가? 지난 십 년 동안 정체되어 있던 무공이 진일보를 이룬 것인가?!

'이, 이래도 돼?!'

신조는 더는 생각을 이어 갈 수 없었다. 기의 흐름이 상단전에 도달했다. 신조의 의식 너머로부터 맹렬한 변화를 야기해 마침내는 육신의 변화까지 이끌었다.

신조의 육신으로부터 고열을 동반한 붉은 섬광이 일었다. 신조의 무복이 불탔다. 피어나는 불길 속에서 신조의 육신은 변모를 계속하였다.

섬광과 불길, 그 모든 것이 사그라든 것은 삼 일이 지난 후였다.

"아……."

달이 밝은 밤, 검정에 가까운 녹색 액체 속에서 발가 벗은 상태로 엎드려 누워 있던 신조가 입을 열었다.

"아아아."

의식하고 내는 소리가 아닌, 잠결에 내는 소리에 가까웠다. 신조는 천천히 눈을 떴다. 흐릿한 시야만큼이나 몽롱한 의식 속에서 몸을 일으켜 세웠다.

"크윽!"

순간, 코끝을 찌르는 지독한 냄새에 정신이 번쩍 들었다. 신조는 자리에서 벌떡 일어나 녹색 액체로부터 뒷걸음질 쳤다. 하지만 그래도 냄새가 가시지 않았다. 신조의 몸에도 녹색 액체가 잔뜩 묻어 있었기 때문이었다.

임무 때문에 똥통에도 잠수한 적이 있는 신조였지만 이건 그 이상이었다. 가히 이성을 마비시키고 광기를 일으키는 극한의 냄새였다. 더 이상 견디지 못한 신조는 근처 계곡을 향해 미친 듯이 달렸다.

"후아!"

머리까지 물속에 담그고 온몸을 박박 닦아 냈다. 그러자 맑았던 계곡물이 순식간에 녹색으로 물들었고, 물

고기들이 허연 배를 드러내며 둥둥 수면 위로 떠올랐
다.

"커, 커험!"

의도치 않은 생태계 파괴에 헛기침을 터트린 신조는
조금 더 상류 쪽으로 올라가 다시 맑은 물로 몸을 씻었
다. 냄새가 어느 정도 가시고 나니 이성이 돌아왔고,
신조는 새삼 스스로의 몸에 일어난 변화에 감탄했다.

'기연…… 이라고 봐야 하겠지만, 그래도 좀 너무하군.'

아니, 무슨 놈의 심득을 죽기 직전에 주마등에서 얻
는단 말인가. 그나마 얻은 심득이 대단한 것이었다면
또 몰랐다. 인생사 허무함을 새삼 느낀 것뿐인데 십 년
동안 별의별 짓을 다 해도 넘지 못했던 벽을 넘게 되다
니 원.

'아무튼 그럼 지금 환골탈태를 했다는 건가?'

무리의 극에 도달하면 자연히 따른다는 신체의 변화.

무공에 가장 어울리는 육신으로의 재탄생.

과연 그러한지 온몸에서 힘이 넘쳐흘렀다. 살결도 아
기의 그것처럼 보드라웠고, 여인도 부러워할 하얀 피부
역시 탄력이 넘쳤다.

신조는 자신의 몸 이곳저곳을 더듬어 보았다. 곁에서
누가 보았다면 변태라고 매도할 정도로 꼼꼼하게 전신

을 점검했다.

"오오……."

감탄사가 절로 나왔다. 스스로의 몸에 내리기에는 굉장히 민망한 평이긴 했지만, 그야말로 완벽한 몸이었다.

"자, 잠깐."

저도 모르게 육성을 토한 신조는 다시 얼굴을 더듬었다. 이마와 눈, 코, 입을 꼼꼼히 매만졌다.

"화상이…… 없어?!"

화상이 없었다. 지난 삼십여 년 동안 신조를 지독히도 괴롭혔던 그 화상이 사라져 있었다. 그뿐인가, 성대를 다친 이후 갈라졌던 목소리 역시 예전처럼 영롱해졌다.

환골탈태.

신조의 숨이 가빠졌다. 가슴이 벅차올랐다. 신조는 물 위에 일어난 파문이 사라지기를 기다렸다. 잔잔해진 수면에 얼굴을 비추어 보았다.

밝은 달 아래, 화상 자국 하나 없는 매끈한 얼굴이 보였다. 더욱이 그게 전부가 아니었다. 가슴에 닿을 정도로 길게 길렀던 수염이 보이지 않았다. 하얀 얼굴에는 주름 한 점 없었다.

젊은 얼굴. 기껏해야 이십 대 초중반 정도나 되어 보이는 잘생긴 사내의 얼굴.

반로환동!

"하하……."

신조는 멍청하게 웃으며 어깨를 떨었다. 이내 가슴을 활짝 펴고 하늘을 우러렀다.

"하하하하!"

환골탈태에 이어진 반로환동.

자연히 무공이 크게 늘었다. 내력 또한 예전의 배 이상이었다. 하지만 그것보다 더 기쁜 것이 있었다.

평생 어둠 속에서 지내야 했던 삶, 그렇게 끝나야 했던 삶.

이제는 아니었다. 다시 한 번 삶의 기회가 주어졌다.

신조는 두 주먹을 움켜쥐었다. 폐부 끝에서부터 끌어올린 통쾌한 웃음을 터트렸다.

☯

'내가 너무 흥분하긴 했군.'

움막에 돌아온 신조는 일단 옷부터 챙겨 입었다. 움막 앞에서는 환골탈태할 때 쏟아져 나온 노폐물들이 여전히 지독한 냄새를 풍겼다.

서쪽 땅에서 손에 꼽을 정도로 산세가 험한 불산인지라 인적이 드물긴 했지만 그렇게나 앙천굉소를 터트리다니, 경솔했다. 오랜 세월 암부로 살아온 신조는 자신의 존재를 불필요하게 드러내는 것을 꺼렸다.

옷을 다 갈아입은 신조는 바로 봇짐을 꾸리기 시작했다. 사실 봇짐이라고 해 봐야 갈아입을 옷 몇 벌과 이래저래 노후 대비용으로 모아 둔 귀금속 몇 개와 이번에 황실에서 받은 은퇴 자금이 전부였다.

'동경이라도 하나 있었으면 좋았을 터인데.'

새삼 다시 얼굴을 확인해 보고 싶었다. 하지만 예순 먹은 노인인 신조의 집에 동경 같은 것이 있을 리 만무했다.

'뭐, 하산해서 보이면 하나 장만하든가 하자.'

피식 웃은 신조는 다음으로 여벌 검 두 자루를 허리에 찼다. 신조에게 있어 무기는 소모품이었다. 물론 무인인 만큼 무기를 소중하게 여기긴 했지만, '필요한 만큼 쓰고 버린다' 라는 인식을 가지고 있었다. 때문에 모두가 튼튼하고 날카롭기는 했지만 모양 없이 투박했다.

'그래, 본디 무기는 쓰고 버리는 것.'

신조는 더는 깊이 생각하지 않았다. 신세 한탄을 늘

어놓아 봐야 바뀌는 것은 없었다. 새 삶을 살 기회까지
주어진 마당이니 앞으로의 일만 생각하기로 했다.

'다른 것보다 반로환동이 정말 기가 막히군.'

외형이 젊어졌다는 사실은 여러 가지를 의미했다. 신
조의 젊었을 적 모습을 아는 이들은 별로 없었다. 이십
대 중반에 당한 화상 때문에 얼굴이 망가진 탓이었다.
때문에 보다 완벽하게 은퇴할 수 있었다. 아마 황실도
이렇게나 변해 버린 자신을 찾기는 힘들 터였고, 설사
찾는다 할지라도 신조가 맞는지 의구심을 가질 것이 분
명했다.

반로환동.

실로 전설상에나 나올 법한 이야기였다. 무림의 열두
지존이라는 사황오제삼신(四皇五帝三神) 가운데서도
반로환동을 이룬 자는 없었다. 주안술을 이용해 억지로
나마 젊은 얼굴을 유지하거나, 환골탈태의 영향으로 나
이에 비해 젊어 보이는 정도가 다였다.

기연이었다. 단순한 환골탈태만으로는 이루기 힘든
경지에 오른 것이었다.

'환골탈태에 '단순히' 란 수식어를 붙이는 것도 좀
우습지만.'

외형이 젊어지며 마음까지 젊어진 것인지 연신 웃음

이 나왔다. 본래부터 암부 주제에 웃음이 헤프다며 둘째 형 뇌호에게 온갖 타박을 다 받아 온 신조였지만, 그래도 이 정도는 아니었다.

신조는 마지막으로 움막을 한 번 돌아본 뒤 미련 없이 발걸음을 내딛었다. 제법 오래 기거하기는 했지만 언제든지 버릴 수 있어야 하는 은신처에 정을 깊이 두어서는 안 되는 법이었다.

나오자마자 코끝을 찌르는 역한 냄새가 욕지기를 자극했다. 신조는 얼른 녹색 노폐물들 위에 기름을 뿌리고 불을 붙였다.

"잘 탄다."

움막을 태울 필요는 없었다. 문외한, 아니, 설사 신조와 같은 암부가 보더라도 사냥꾼의 움막 정도로만 여기리라.

신조는 빙글 돌아섰다. 기분 좋은 두근거림 속에 하산을 시작했다.

☯

'조'를 역성혁명으로 누르고 건립된 '제'는 크게 보아 중앙과 사방위의 땅으로 나누어져 있었고, 이를 다시 아홉 개의 주로 분별할 수 있었다.

산세가 험한 서쪽 땅은 예로부터 백룡강을 중심으로 한 운송업이 발달한 만큼 상인들이 많았고, 그 영향인지 정파구주 가운데 하나인 서문가의 비사문은 아예 무인 집단이 아닌 상인 집단이란 소리까지 들을 정도였다.

그만큼이나 상업이 번창하고 오가는 사람도 많은 서쪽 땅이었지만 변방까지 그러한 것은 아니었다.

"여기 소면 하나에 만두 하나 주시오."

"예, 예. 알겠습니다요."

나무로 만든, 어디서나 찾아볼 수 있는 이층짜리 객잔이었다. 위치상 간혹 산세를 즐기기 위해 찾아오는 이들을 대상으로 한 가게 같았지만, 괜히 '간혹'이란 수식어가 붙은 것이 아니었다. 주된 고객은 불산을 오가는 사냥꾼이나 약초꾼들, 근방 주민들이었다.

싹싹하게 인사한 점소이가 물러가자 신조는 기분 좋은 미소를 머금었다.

못 알아본다.

변장을 하지도 않았고, 정체를 감추려 노력한 것도 아니었는데 점소이 왕칠이 녀석은 신조 자신을 알아보지 못했다. 불산 깊은 곳에 사는 사냥꾼 노인이라며 이

객잔을 오간 지도 벌써 몇 년이었는데 말이다.

"여기 있습니다요."

소면에 만두다 보니 음식이 나오는 것도 빨랐다. 평소라면 신수가 훤하시네 어쩌니 이래저래 말을 붙일 왕칠이였지만 이번에는 음식만 놔두고 바로 몸을 뺐다. 다른 손님이 많아서가 아니라, 젊고 무장한 손님에게 말을 길게 붙여 봐야 좋을 것이 없다는 사실을 잘 알고 있기 때문이었다.

'그래, 그러니까 젊고 무장한 손님으로 보인다, 이거지?'

다시 작게나마 킥킥 웃으며 소면과 만두를 먹었다.

'일단은 제일 가까운 곳에 사는 셋째 형을 찾아보는 게 낫겠지?'

신조는 머릿속으로 지도를 그려 보았다. 서쪽 땅에 살고 있는 것은 셋째 형님뿐이었다. 옛날부터 상인의 자식이니 뭐니 떠들더니만 은퇴 후에는 진짜 상인으로 나섰고, 지금은 서쪽 땅 상권을 휘어잡고 있는 비사문에서 한자리하고 있는 모양이었다.

형님이 지금의 자신을 보며 무어라 할까? 환골탈태에 반로환동까지 했다고 부러워하려나?

즐거운 상상 속에 신조는 젓가락을 놀렸다.

'이상하네.'

신조와 같은 객잔 안, 적당히 구석진 자리에 앉아 산채를 깨작거리던 여인은 미간을 찌푸렸다. 하오문에서 받은 명에 따라 이 마을에 자리를 잡은 것도 벌써 일주일째였다. 불필요한 의심을 사지 않기 위해 늘상 객잔에 머무는 것은 아니었지만, 그래도 그 일주일 내내 객잔을 감시했다. 하지만 윗선에서 말한 '신조'라는 노인은 코빼기도 보이지 않았다.

'아니, 애당초 대체 왜 나를 보낸 거야?'

여인, 청조(靑鳥)는 미인이었다. 자기 입으로 말해도 민망하지 않을 정도로 빼어난 미녀였다. 자연히 어딜 가나 눈에 띌 수밖에 없었고, 화류가도 아닌 이런 변방 촌구석에서 오랜 기간 잠복하기에는 여러모로 문제가 있을 수밖에 없었다. 너무 예쁘면 못생기게 분하면 되는 일이었지만, 어디 여인의 마음으로 그 같은 일이 쉽던가. 더욱이 청조는 이제 겨우 스무 살, 아니, 진짜 나이를 모르니 어쩌면 아직 방년도 아닐지 몰랐다. 나름대로 외모를 감춘다고 감추었지만 크게 망가트리지는 못했고, 이래저래 눈에 띌 수밖에 없었다.

'그나마 가능성이 있는 건 저 사람인데.'

청조의 시선 끝에는 만두를 맛깔나게 씹어 삼키고 있는 청년이 있었다. 눈매가 다소 날카로운 것이 흠이었지만 제법 잘생긴 젊은이였다. 특히나 피부가 얼마나 고운지 여간한 화류계의 여성도 울고 갈 정도로 희고 보드라웠다.

행색을 보면 수행 중인 젊은 무인이란 답이 나왔지만 청조는 어쩐지 모르게 저 청년이 마음에 걸렸다. 잘생겨서 그렇다는 게 아니라 소위 말하는 여자의 감이 발동한 결과였다.

'혹시 변장이려나?'

가능성은 있었다. 하지만 노인이 청년으로 변장하기 위해서는 인피면구같이 귀한 변장 도구가 필요했다. 신조라는 노인네가 대체 무슨 목적으로 젊은이로 변장했단 말인가.

눈앞의 젊은이가 신조일 가능성은 한없이 영에 수렴한다고 해도 과장이 아니었다. 하지만 어쩐지 모르게 마음에 걸리는 것 역시 사실이었다.

입술을 한차례 깨문 청조는 티 나지 않게 감시를 계속했다.

신조는 소면을 먹으며 생각했다.

'저년이 왜 자꾸 날 쳐다보지?'

청조 나름대로는 티 나지 않게 감시 중이었지만 말 그대로 '나름대로'일 뿐이었다. 사십칠 년 경력을 자랑하는 신조의 눈썰미를 피할 수는 없었다.

'그래, 내가 왕년에는 꽤 잘생겼다는 소리 많이 들었지.'

속으로나마 껄껄 웃은 신조는 마지막 남은 만두를 입에 물며 생각을 정리했다.

'너무 티가 나. 억지로 평범하게 분하기는 했지만 미녀야. 저 정도 미녀라면 이 근방에서 소문이 안 났을 리가 없어.'

황실의 인간인가?

아니었다. 그러기에는 변장이 너무 어설펐다. 미색을 망가트리기 싫다는 본능에 억눌려 어설프게 분하는 요원 따위 황실에서 실전에 투입할 리가 없었다.

'그래도 제법 감은 좋은 것 같은데…….'

일단 떠오른 것은 하오문이었다.

'목표가 나일 가능성은 적어. 무언가 다른 용무가 있는 걸까?'

마지막 만두까지 다 먹은 신조는 엽차를 마셨다. 더 이상 길게 생각하지 않았다.

자고로 물고기란 미끼를 던지면 낚이는 법. 신조는
자리에서 벌떡 일어섰다.

감시 중인 상대가 이동을 개시할 경우 섣불리 추적에
나서는 것은 위험한 행동이었다. 다른 무엇보다 감시하
고 있다는 사실 그 자체가 드러날 가능성이 높기 때문
이었다. 그래서 일단 감시 대상의 시야에 노출된 감시
자는 자리를 지키고 다른 동료를 동원하는 것이 정석이
었다.

그런데 그렇게 하지 않는다면, 이유는 몇 가지 없었
다.

'혼자라는 거지.'

신조는 여유롭게 걸었다. 기감을 넓게 퍼트리고 마을
입구 쪽으로 향하였다. 크게 서른 보 이상을 걸었지만
여인의 기척이 객잔에서 움직이지 않았다.

'아닌가?'

그냥 한 번 쳐다본 것뿐인가?

그렇다면 신조 자신의 감도 참으로 무뎌진 셈이었다.
반로환동했다고 해도 나이는 속일 수 없는 모양이었다.

'에이, 맞네.'

하지만 이내 여인의 기척이 기감에 걸려들었다. 그래

도 제법 훈련을 잘 받았는지 걸음걸이에 조급함이 없었다. 아마 누군가를 쫓는 사람이 아니라 그냥 제 갈 길 가는 처자 정도로 보이리라.

'그나저나…… 이거, 기감을 퍼트릴 수 있는 범위가 거의 두 배 이상 늘어났군.'

새삼 무위가 높아진 것을 느낄 수 있었다. 이 정도며 사황오제삼신에도 도전해 볼 수 있을지 몰랐다.

'그건 나중 이야기고, 아무튼 따로 주변에 뿌려 둔 동료는 없는 모양인데, 황실 같지는 않고…… 역시 하오문인가?'

정보 수집을 위해 사람을 부리는 조직이야 길바닥에 굴러다니는 돌처럼 많을 터였지만, 당장 머릿속에 떠오른 것은 하오문이었다. 여인에게서 기녀의 흔적이 엿보였기 때문이다.

'하지만 더더욱 이상하군. 왜 저런 어설픈 애를 보낸 거지?'

누굴 추적하는 역할을 맡기에는 용모가 지나치게 뛰어났고, 몸 곳곳에 기녀의 버릇이 묻어났다. 저래서야 하오문의 정보원이라는 것을 이마에 쓰고 다니는 것이나 다름없었다.

'하긴, 목표가 나라는 보장은 아직 없으니까.'

신조 자신을 따라 나오긴 했지만 확신할 수는 없었
다. 지금 신조는 '젊어진' 상태였기 때문이다. 신조가
환골탈태에 반로환동까지 경험했다는 사실을 어느 누가
알아 조사를 맡겼단 말인가. 설사 신조 자신을 노린 것
이 맞더라도 '노인 신조'의 수탐을 명했을 가능성이 높
았다.

경우의 수는 세 가지였다.

하나, 신조 자신의 외모에 혹해서 따라 나왔다.

가능성이 낮았다.

둘, 저 여자가 오해를 하고 있다. 젊은 신조의 모습
을 보고 자신의 목표물이라 착각을 했다.

제법 그럴듯한 이유이긴 했지만 어딘가 부족했다.

셋, 신조 자신을 찾는 것이 맞고, 젊은 신조의 무언
가로부터 노인 신조를 떠올려 따라나섰다.

가능성은 무척이나 낮았지만 그렇다고 아예 없는 것
은 아니었다. 그리고 이게 맞다면 다른 건 몰라도 정말
감 하나는 뛰어난 여인일 터였다.

신조는 계속 걸었다. 인적이 드문 골목길로 접어들었
고, 어느 순간 사라졌다.

여인은 신조를 따라 골목길에 들어가지 않았다. 인적
이 드물어지자 걷는 속도를 조금씩 늦췄고, 신조가 사

라진, 정확히 말해 기습을 위해 은신하고 있는 골목길 앞에 당도하자 더 나아가는 대신 돌아서 버렸다.

　기감을 펼치고 여인이 들어오기를 기다리고 있던 신조는 다시 한 번 감탄을 토했다. 하는 모양새가 어설픈 지라 그대로 생각 없이 골목 안으로 몸을 들이밀 줄 알았는데 추적을 포기하고 바로 돌아서서 떠나 버렸다. 혹여 이것도 감이라면, 정말 감 하나는 인정해 줄만 했다.

　'어찌 되었든, 그럼 이번엔 내가 따라가 볼까?'

　신조는 여인이 신조를 뒤따랐던 거리보다 배 이상 먼 거리를 유지하며 걸었다. 본래 이런 식으로 기감을 퍼트리며 추적하는 것은 추적 대상에게 내 정체를 알아봐 달라고 소리치는 것이나 다름없었지만, 신조의 기감을 눈치채기에는 여인과 신조 사이의 무위 차이가 너무 컸다.

　여인은 마을 외곽에 있는 작은 집 안으로 들어섰다. 집이 여럿 뭉쳐있던 지라 주변에는 뛰어노는 아이들과 햇볕을 쬐는 노인이 있었지만, 신조는 자연스럽게 걸어 여인의 뒤를 따랐다. 어느 순간 벼락같이 몸을 날려 그늘에 몸을 숨긴 뒤 그대로 눈을 감고 청각에 집중했다.

　옷이라도 갈아입는지 옷자락이 스르륵 살을 타고 내

려가는 소리가 들렸다. 신조는 조금 더 집중해 보았다. 먹을 가는 소리와 붓질하는 소리가 분명했다.

이제 어찌할 것인가. 여인을 덮쳐 그 목적과 배후를 캐낼 것인가, 아니면 그저 아무 일 없었다는 듯이 이대로 떠날 것인가.

저 여인이 신조 자신을 노리고 있는 것이라면 지금 덮쳐야만 했다. 하지만 아니라면 오히려 불필요하게 일을 만드는 셈이 되었다.

'둘째 형이라면 움직이지 않겠지. 첫째 형이라면 움직였을 터이고.'

둘째 뇌호와 첫째 창룡. 십삼조를 이끌었던 쌍두마차.

신조는 감고 있던 눈을 떴다. 더 고민하는 대신 다시 한 번 신형을 날렸다.

청조는 비명조차 지르지 못했다. 등 뒤에서 닥친 습격을 눈치챘을 때는 이미 입이 막힌 상태로 바닥에 쓰러진 후였다.

청조의 늘씬한 배 위에 올라탄 신조는 손가락을 놀려 아혈을 짚은 뒤 한차례 살기 어린 시선을 보냈다. 허튼 짓하지 말고 얌전히 있으라는 뜻이었고, 청조는 바로 알아들었다.

'그나저나 미인이긴 하군.'

안에 들어가서 뭘 하나 했더니 억지로 감췄던 미모를 다시 드러내는 작업이라도 했던 모양이다. 겉옷만 벗은 터라 입고 있는 옷은 여전히 남루했지만, 그 얼굴이 달랐다. 실로 빛이 날 것만 같은 외모였다.

'왜 이런 애를 정보원으로 보냈지?'

신조는 미간을 살짝 찌푸리며 시선을 사방으로 뿌렸다. 방금까지 청조가 작성하던 것으로 보이는 문서에서 눈동자를 멈추었다.

청조가 마른침을 삼키는 것이 느껴졌다. 유리구슬 같은 눈동자에는 초조함과 불안함, 그러면서도 기묘한 안도감 같은 것이 섞여 있었다.

알만 했다. 문서가 하오문의 암호로 작성되어 있었기 때문이었다.

하지만 하오문의 하급 요원들이 사용하는 암호 정도야 보기만 해도 해석이 가능한 신조였다. 단번에 읽어낸 뒤 얼굴을 찡그렸다.

목표는 역시 신조 자신이 맞았다. 일주일째 이 마을에 머물고 있지만 이렇다 할 성과가 없다는 것이 문서의 내용이었다.

누구인가. 어째서 하오문이 신조 자신을 찾는 것일
까?

신조는 다시 여인에게 시선을 돌렸다. 움찔하고 몸을
떠는 모습이 묘하게 요염했다. 신조는 그런 청조에게
얼굴을 가까이했다. 숨결이 닿을 만치 가까운 거리에서
청조의 아혈을 풀어 주었다.

누구의 의뢰이며, 왜 신조 자신을 찾는지는 물을 생
각이 없었다. 물어 봐야 하급 정보원이 그러한 것들을
알 리가 만무했다. 때문에 물어야 하는 것은 오직 하나
뿐이었다.

바들바들 떠는 청조의 목을 가볍게 움켜쥐며 신조가
물었다.

"하오문도인 것을 안다. 넌 어느 파벌에 속해 있지?"

하오문을 이루고 있는 것은 마부, 창기, 소투 등 소
위 말하는 사회 하류층이었다. 약한 모습을 보이면 바
로 당하는 세상에서 살다 보니 이들의 삶은 더없이 치
열했고, 모략과 암살, 배신은 삶의 일부나 다름없었다.

그런 하오문이기에 다른 그 어떤 문파보다도 파벌 싸
움이 심했다. 신조가 아는 바대로라면 현재 하오문은

세 개의 거대 세력에 의해 삼분되어 있었고, 그 세 세력은 모두 배후가 달랐다.

신조 자신의 추적을 명한 파벌이 누구의 파벌이냐에 따라 일이 완전히 달라질 수 있었다.

청조는 헛된 저항을 하지 않았다. 주저 없이 입을 열어 말했다.

"도, 도성(賭聖) 님 밑에 있어요."

"태산도성(泰山賭聖)?"

신조가 되묻자 청조가 얼른 고개를 끄덕였다.

태산도성. 분명 하오문 삼대파벌 중 하나를 이끄는 자의 별호였다. 하지만 신조는 고개를 갸웃 기울였다.

"너, 꾼이냐?"

어떻게 봐도 기녀라 기방을 책임지는 흑요화(黑妖花)의 이름이 나올 거라 생각했는데 태산도성이라니.

청조는 신조의 눈을 더 이상 마주하기 힘들다는 듯 눈을 꽉 감으며 말했다.

"아, 아니요. 수, 숙수예요."

"숙수?"

이건 더 의외였다. 미모로 남자들을 현혹해서 탈탈 털어먹고 다니는 여자 도박사라면 신조도 아는 이름이 몇 있었지만, 이렇게나 어여쁜 여인이 숙수라니. 정보

원으로 돌릴 정도인 걸 보면 요리 실력이 그다지 빼어
난 것도 아닐 터이니 그야말로 이상했다. 이 정도 미모
면 그냥 기녀나 도박사로 일하게 하는 편이 훨씬 더 낫
지 않나?

슬쩍 눈을 떴다가 다시 한 번 신조와 눈이 마주친 청
조는 다시 소리쳤다.

"기, 기녀였다가 옮겼……."

"쉿."

목소리가 커지려는 청조의 입을 틀어막은 신조는 다
시 아혈을 짚는 대신 짧게 말했고, 청조는 얼른 고개를
끄덕였다.

태산도성 적인걸.

하오문도들이 삼성(三聖)이라 부르는 도성(賭聖), 기
성(妓聖), 유성(流聖) 가운데 도성으로, 하오문의 모든
도박장을 총괄하는 큰손이었다. 세 살 먹은 아이부터
여든 먹은 노인까지 한 번 빠지면 발 빼기가 힘든 것이
도박인지라 하오문이 도박장 운영으로 벌어들이는 돈은
하오문 총수입의 삼분지 일 이상을 차지할 만큼 어마어
마했다. 그 돈의 흐름을 한 손에 틀어쥐고 있는 자인만
큼 태산도성의 하오문 내 입지는 크고 단단했다.

신조는 청조에게 묻는 대신 생각했다. 태산도성이 무

엇 때문에 신조 자신을 찾는단 말인가.

'그 아랫선인가? 하지만 그렇다고 해도 딱히 짐작 가는 것이 없는데.'

육십 평생 해 온 일이 일이다 보니, 하오문과는 좋고 나쁘고를 떠나 자주 마주친 신조였다. 그만큼 하오문 내에 원한이나 은혜를 나눈 이가 많았다. 그런데 워낙에 많은데다가 하오문의 그치들 입장에서도 신조 정도의 원한이나 은혜는 질릴 정도로 쌓여 있다 보니 수면 위로 부상할 문제가 아니었던 것이다.

신조는 홀로 고민하는 대신 현재 가지고 있는 유일한 단서를 더 채근해 보기로 했다.

"이름이 뭐지?"

"청조요."

청조가 즉각 대답했다. 사내에게 배를 깔리고 양팔이 짓눌린 상태이다 보니 기가 죽을 만큼 죽었지만, 그래도 산전수전 다 겪는 하오문도답게 이지까지 잃지는 않은 모양이었다.

그런 청조를 내려다보고 있자니 신조는 어쩐지 모르게 유쾌한 기분이 들었다. 음심과는 조금 다른 감정이었다. 반로환동했더니 새삼 마음까지 젊어진 것일까?

"어디 지부 소속인데?"

"……청월요."

신조의 고개가 살짝 기울어졌다. 청월이면 정파구주 가운데 하나이자 서쪽 땅 상권을 휘어잡고 있는 비사문의 본문이 위치한 곳이었다. 당연히 그만큼 중요한 땅이었고, 하오문 역시 청월 지부에는 하오문의 유력 인사들을 모아 두었다.

하지만 중요한 것은 그보다 다른 것에 있었다.

"거기서 여기까지?"

"그…… 중요한 일이라 하셔서……."

청조가 어색하게 웃으며 답했다. 누가 봐도 억지 미소였지만 용모가 워낙에 뛰어나다 보니 그것만으로도 교태가 묻어났다.

청월은 여기서 너무 멀었다. 마차를 타고 뱃길을 이용한다고 해도 보름은 족히 걸릴 거리였다. 그런데 그렇게 먼 곳에서 청조처럼 눈에 띄고 어설픈 정보원을 파견했단 말인가? 그것도 본업이 숙수인 여자를?

신조는 눈을 가늘게 떴다. 청조는 지금 거짓말을 하고 있지 않았다. 만약 지금 신조를 속이고 있는 것이라면 청조는 그야말로 하오문의 특급 요원이라 해도 부족함이 없었다.

'감 하나는 좋은 것 같지만.'

신조는 좀 더 깊이 생각해 보았다. 청월의 도박장을 관리하고 있는 것은 태산도성의 오른팔인 황금충이었다. 그렇다면 이건 황금충의 의사일까, 아니면 좀 더 윗선의 의사일까? 그리고 왜 하필 청조를 보낸 것일까?

'마치…… 오히려 나보고 눈치채 달라는 것 같잖아.'

적의를 가장한 선의일지도 몰랐다. 하오문에서 신조에게 '무언가'를 알려 주려는 것일 가능성도 있었다.

하지만 그렇다면 왜인가. 누가 무엇을 알려 주려는 것인가.

"청조, 네 임무는 뭐지?"

"신…… 조라는 이름의 노인을 발견하는 거였어요."

"그다음은?"

"근황을 보고 하라는 것이 전부였어요."

청조는 묻는 족족 고분고분 답했다.

신조는 마지막으로 물었다.

"그럼 왜 상관없는 나를 쫓아왔지?"

청조는 지금까지와 달리 바로 입을 열지 못했다. 입술을 몇 번이나 달싹거린 끝에 겨우 말을 자아냈다.

"그, 그냥…… 가, 감이…….''

그 이상은 말하지 못했다. 신조는 청조의 마혈을 짚어 혼절시킨 뒤 자리에서 일어섰다.

태산도성일지, 아니면 그 밑이나 위일지 알 수 없는 누군가가 청조를 보냈다. 그리고 신조의 감은 그것이 어떤 신호라 말하고 있었다.

　　어찌할 것인가. 신조 자신은 이제 은퇴했다. 하지만 황실이 아닌 신조의 적과 아군들까지 그렇게 생각할까? 신조는 혼절한 청조를 안아 들었다. 주저하는 대신 발을 놀렸다.

●

　　청조가 눈을 떴을 때 제일 먼저 본 것은 낡은 천장이었다. 청조는 비명을 지르거나 몸부림을 치는 대신 호흡을 골랐다. 천천히 손끝을 움직이며 눈동자를 굴렸다.

　　작은 방 안이었다. 지붕은 초가였고 벽은 흙벽이었다. 방 안에 가구 같은 것은 하나도 없었다. 청조가 지금 깔고 있는, 색이 바란 담요 하나가 방 안에 있는 유일한 물건이었다.

　　청조는 떨리는 손으로 몸을 점검해 보았다. 다행히 의식이 끊긴 사이 험한 일을 당하거나 하지는 않은 모양이었다. 강제로 옷을 벗긴 흔적도 없었다.

다시 한 번 숨을 고른 청조는 조심스럽게 정면에 위치한 여닫이문을 보았다. 나무로 만든 물건이었는데 문틈 너머로 판자가 몇 개나 박혀 있는 것이 보였다. 아무래도 밖에서 봉인한 모양이었다.

청조는 눈살을 찌푸렸다.

처음부터 감이 좋지 않은 임무였다. 청월에서 이 먼 영주 땅까지 파견 나온 것부터가 잘못된 일이었다.

이제 어떻게 되는 것일까?

청조는 그냥 눈을 꽉 감고 생각 자체를 하지 않기로 마음먹었다. 뭐든 상상하면 할수록 더 무서워졌기 때문이다.

그리고 시간이 얼마나 지났을까.

"까악?!"

순간, 엉덩이가 들린 청조가 짧게 비명을 토했다. 담요가 깔려 있던 바닥이 옆으로 들린 탓이었다.

심하게까지는 아니지만, 어쨌든 바닥을 구른 청조는 헐떡이며 '열린' 바닥을 보았다. 담요 밑에 지하로 연결된 여닫이문이 있었고, 그게 지금 열렸다. 그리고 그 문을 연 것은 예의 그 청년, 신조였다.

"안 잡아먹어. 그러니까 진정해."

신조는 놀란 가슴을 누르며 거친 숨을 토하는 청조에

게 약간은 심드렁한 목소리로 그리 말했다. 청조를 납치하면 하오문 측에서 무언가 움직임이 있을 거라 생각했는데 아무 일도 없었기 때문이었다.

아예 위로 올라온 신조는 문을 닫고 그 위에 앉았다. 여전히 반쯤 엎드리고 있는 청조에게 들고 온 바구니를 던졌다.

"옛다."

청조가 바구니 안을 들여다보니 커다란 만두 하나가 보였다.

"배고프지? 내리 이틀이나 의식을 잃고 있었으니 배고플 거야."

청조가 눈을 동그랗게 떴다. 신조는 청조가 그러든가 말든가 여전히 태연한 얼굴로 허리춤에 차고 있던 가죽 주머니도 건네주었다.

"물도 챙겨 마시고. 만두만 먹다간 목 메인다."

얼결에 받아 든 청조는 어쩔 줄을 몰라 했고, 신조는 다시 청조에게 턱짓으로 신호를 보냈다. 청조는 더 망설이는 대신 만두를 꺼내 입에 물었다. 정말로 이틀을 굶었는지 막상 입에 들어가고 나니 식욕이 바짝 일었다.

"먹으면서 들어. 대답은 다 먹고 해도 되니까."

물론 신조가 말한 순간 청조는 켁, 하는 소리와 함께 한참을 쿨럭 거렸다. 신조는 손수 가죽 주머니 마개를 열어 청조에게 건네주었다. 급히 물을 삼키는 청조를 보며 말을 이었다.

"너 임무 완수하면, 그러니까 신조라는 노인의 근황을 알고 나면 어떻게 하기로 되어 있었냐?"

만두 먹고 물 마시는 와중에도 헐떡일 수밖에 없던 가엾은 청조는 신조의 눈치를 살피며 답했다.

"전서구 날린 다음에 청월로 돌아가기로 했어요."

"그래. 그리고 마저 먹어라. 자꾸 그러면 내가 밥도 못 먹게 괴롭히는 나쁜 사람 같잖냐."

순간, 청조는 신조를 노려보고 싶다는 강한 충동을 느꼈지만 가까스로 억누를 수 있었다. 그저 꾸역꾸역 남은 만두를 씹어 삼켰다.

"도중에 들르기로 한 지부는 없고?"

그냥 먹게 놔두든가!

하지만 이번에도 속으로만 화를 낸 청조는 얼른 답했다.

"없어요. 전 청월 지부 직속이라서요."

청월은 멀었다. 그 먼 곳에서 어딜 가도 눈에 띌 것 같은 정보원 하나만 달랑 보냈다. 더욱더 그 의도가 의

심스러웠다.

"살아온 이야기 좀 해 봐. 아, 일단 그거 다 먹고."

신조는 말했고, 청조는 만두로 불만스런 표정을 감췄다.

"그러다 체한다."

청조는 이번에도 그냥 꿀꺽꿀꺽 물만 삼켰다. 다 먹고 이야기하라더니 먹는 내내 말을 걸며 대화를 유도한 신조였다. 하오문에서 산 세월이 곧 인생 전부인 청조인지라 눈치가 밝았다. 적어도 지금 이 시간만큼은 신조가 청조 자신을 해할 생각이 없다는 것 정도는 파악할 수 있었다.

신조는 청조에게 들은 이야기를 짧게 요약했다.

"그러니까 결론은 황금충이 조카라는 거네."

"……네."

청조는 황금충의 누나가 낳은 외동딸이었다. 십여 년 전쯤에 전염병으로 양친 모두를 잃은 것을 황금충이가 거두어서 키웠다는, 어딜 가나 쉽게 찾아볼 수 있는 흔한 이야기였다. 외모가 저리 출중한데도 도박사나 기녀가 아닌 숙수 노릇을 한 이유 또한 간단했다.

'황금충이도 결국엔 사람 새끼라 이거지.'

제 핏줄이 창기 노릇하는 건 두고 볼 수 없었으니까. 그래도 기녀 수업을 몇 달이나마 받았다는 걸 보니 기방에서 꽤나 눈독을 들이긴 한 모양이었다.

"뭐, 좋아. 아무튼 그럼 같이 가 보자."

자리에서 벌떡 일어선 신조가 다시 바닥 문을 열었다. 청조가 겁먹은 얼굴로 눈을 깜박였다.

"어, 어디로요?"

"어디긴, 황금충이한테지."

신조는 턱짓으로 지하를 가리켰고, 청조는 끙끙거리며 지하로 향했다.

◉

서쪽 땅은 변방으로 갈수록 산세가 험했다. 흐릿한 달빛 하나에 의지하는 야심한 밤, 불산과 맥을 같이하는 산중에 자리한 토굴 앞에 쪼그리고 앉아 있던 신조는 등 뒤를 돌아보았다.

"다 썼냐?"

"예."

대답은 토굴 깊은 곳에서 들려왔다. 신조는 자리에서 일어나 어슬렁어슬렁 안쪽으로 걸음을 옮겼고, 은밀하

게 숨겨진 통로 안으로 몸을 들이밀었다. 한 평이나 겨
우 됨직한 좁은 방이었다. 얇은 종이에 감싸인 호롱불
조명 아래 청조가 앉아 있었다.

"보자."

신조가 손을 내밀자 청조는 얼른 방금까지 작성하던
문서를 내밀었다. 신변잡기를 늘어놓는 안부 편지였지
만 그 안에는 하오문의 암호가 숨겨져 있었다.

"앙큼한 짓은 안 했네?"

신조는 청조에게 '신조의 근황'에 대한 보고서를 작
성하도록 했다. 내용은 간단했다.

*신조가 산에서 내려와 사슴 가죽 두 장과 약초 몇 가지를
마을에 판 뒤 식료품과 옷 한 벌을 구입하고 다시 산으로 돌
아갔다.*

하오문은 고작 이런 정보를 얻기 위해 청월에서 영주
까지 정보원을 파견한 것인가?

그럴 리가 없었다. 하지만 청조에게 부여된 임무는
이것이 분명했다. 그 사이의 괴리, 무언가 숨겨진 의도.

'은퇴해서 이제 좀 쉬나 했더니만.'

하지만 썩 기분이 나쁜 것만은 아니었다. 어디까지나

감이었지만, 그다지 해가 될 일은 아닌 것 같기도 했으니 말이다. 애당초 습격이 목적이었다면 청조 같은 아이를 보내지도 않았으리라.

'어쩌면 꾀어내기 위한 술수일지도 모르지만.'

신조는 더는 깊이 생각하지 않았다. 다시 청조에게 문서를 돌려주었고, 청조는 신조와 함께 토굴 밖으로 나가 전서구를 날려 보냈다.

"저, 저기요."

청조가 조심스럽게 신조에게 말을 걸었다. 먼저 입을 연 것은 청조가 잡혀 온 이래 처음 있는 일이었다. 신조는 무어라 말하는 대신 그저 청조를 빤히 보았고, 청조는 애써 아양을 떨며 물었다.

"존함이…… 앞으로도 같이하실 거면…… 헤헷."

애처로운 물음에 신조는 피식 웃었다. 그래도 황금충이 조카가 맞기는 한 모양이었다.

"대철."

"예, 대철 님."

신조는 생각나는 대로 말했고, 대답하는 청조의 눈에는 순간이지만 실망하는 빛이 어렸다.

'이것 봐라?'

청조는 신조가 가명을 댄 것을 간파했다. 물론 이 상

황에서 본명을 바로 말하는 것도 이상하기는 했지만,
그런 것을 떠나서 정말 감 하나는 좋은 아이인 모양이
었다.

'잘 키우면 장래성이 있을지도 모르겠네.'

하지만 그건 하오문의 문제였지 신조의 문제가 아니
었다. 신조는 청조에게 다시 물었다.

"너, 올 때는 어떻게 왔지?"

"마차랑 배 타고요. 어느 정도 걷기도 했지만요."

청조가 즉답했다. 표정이 그래도 움막에 있을 때보다
는 제법 살아 있었다. 신조는 충동적으로 청조의 뺨을
살짝 꼬집은 뒤 다시 물었다.

"기일은 얼마나 걸렸고? 돌아올 때도 마차 타고 오
라든?"

"딱 보름 걸렸어요. 그리고 예."

볼을 꼬집히자 조금 싫은 티를 내긴 했지만, 잠깐뿐
이었다. 신조는 청조를 보는 대신 다시 한 번 수를 세
어 보았다.

"이틀에서 삼 일 정도 당기는 게 딱 좋겠군."

"예?"

신조는 이번에는 대답하지 않았다. 그대로 손을 놀려
청조를 번쩍 안아 들었다. 꺅 소리도 못하고 눈만 깜박

이는 청조에게 말했다.

"가자."

신조가 경공을 펼쳤다.

꽃이 만발한 장원 한가운데 금술이 놓인 흰옷을 입은
중년 사내가 서 있었다. 허리에 비껴 찬 보검은 그가
황실 무력의 상징인 광룡의 여섯 대주 가운데 하나임을
말해 주었다.

"은퇴라…… 손안에 있다고 너무 허투루 대했던 모
양이군."

사내, 백룡이 약간은 쓰게 웃으며 그리 말했다. 등
뒤에 시립해 있던 무관이 말을 보탰다.

"암룡 측에서 눈치를 챈 것 같지는 않습니다."

"그래, 그랬다면 이 정도가 아니라 다른 움직임을 보
였겠지."

신조가 은퇴한 것은 암룡 측에서 무언가를 알아차렸
기 때문이 아니었다. 그저 정해진 수순에 따라 일어난
일일 뿐이었다.

은퇴했다니 찾기는 어려울 터였지만, 이후 일을 생각

하면 오히려 뒤처리가 쉬워진 셈이었다. 황실은 은퇴한 암부를 기억하지 않으니 말이다.

"하고 싶은 말이라도 있나?"

백룡은 뒤를 돌아보지 않고 물었다. 시립해 있던 무관은 마른침을 한차례 삼킨 뒤 조심스럽게 입을 열었다.

"외람되오나…… 굳이 제거할 필요가 있는지 모르겠습니다."

십삼조는 모두 늙었다. 일곱 가운데 가장 어렸던 신조도 이제는 예순 살 노인이 되었다. 무공의 성장에도 한계라는 것이 존재했다. 제아무리 무공에 내공이 중하다 하나 그 내공을 사용하는 몸이 노쇠하면 그것으로 끝이었다. 눈앞의 백룡 같은 초절정의 고수들처럼 환골탈태라도 하지 않는 한 그 힘을 유지할 수 없었다.

십삼조의 힘과 활약을 모르는 바는 아니었지만, 그건 모두 과거의 기록에 불과했다.

백룡은 인자하게 웃었다. 젊은 무관이 생각할 법한 일이었다. 뇌호 하나를 죽이기 위해 들어갔던 병력과 물자를 생각하면 이런 이야기가 나오는 것도 당연했다.

그렇기에 백룡은 노성을 터트리는 대신 부드럽게 말했다.

"용아, 생각하는 것이 너의 일이더냐?"

젊은 무관이 즉시 그 자리에 무릎을 꿇었다. 백룡은 손을 들어 용서를 구하려는 무관을 저지했다. 시선을 멀리하며 말했다.

"용서를 구하지 마라, 내 이번에는 듣지 않은 것으로 하겠다."

암룡과 광룡의 젊은 세대들은 십삼조를 몰랐다. 그들의 진정한 힘을, 그들이 할 수 있는 일을 짐작조차 하지 못했다.

암부임에도 불구하고 하나하나가 일문의 장로에 준하는 힘을 가진 자들이었다. 그들 일곱이 뭉치면 해내지 못할 일이 없었고, 실제로 해내지 못한 일이 없었다.

암룡은 본래 황제 직하의 살수 집단이었다. 지금은 암살보다는 공작과 첩보에 더욱 힘을 쓰고 있었지만, 과거에는, 십삼조의 시대에는 그렇지 않았다.

더욱이 십삼조를 길러 낸 이가 누구였던가.

그들 일곱을 길러낸 '그 남자'의 흔적은 지금까지도 황실 곳곳에 남아 있었다.

노쇠하면 무력은 쇠한다.

은퇴하여 일선에서 멀어지면 그 감이 죽기 마련이다.

하지만 그 은퇴하고 늙은 뇌호 하나를 잡기 위해 얼

마나 많은 공을 들여야 했던가.

큰일을 이루기 위해서는 준비에 빈틈이 없어야 하는 법이었다. 십삼조는 반드시 제거되어야만 했다.

그리고 그것은 '그분'의 뜻이었다.

백룡은 천천히 발걸음을 떼었다. 뒤를 돌아보지 않았다.

제2막
수탐

사명감을 갖기 위해 노력했다.

이 모두가 나라를 위한 일이다. 천하를 위한 일이다.

스스로에게 가하는 세뇌였다. 그렇게라도 하지 않으면 견딜 수 없었다.

오늘도 사람 하나를 죽였다.

나는 그가 누구인지, 무엇을 하려 했는지도 몰랐다. 그저 죽이라는 명이 내려왔기에 그를 죽였다.

나라를 위한 일, 세상을 위한 일.

그렇게 믿었다.

그렇게…… 믿었었다.

—창룡

마차 안에는 남녀 한 쌍이 어깨를 나란히 하고 앉아 있었다. 아니, 보다 정확히 말하자면 여자가 남자 어깨에 기대서 꾸벅꾸벅 졸고 있었다.

　'얘는 신경 줄이 굵은 거야, 아니면 생각이 없는 거야? 그것도 아니면……'

　남자, 신조는 참으로 잘도 자는 청조의 얼굴을 들여다보며 생각했다. 납치당하고 이래저래 끌려다니는 입장이건만, 납치범 어깨에 머리 박고 조는 모습이 썩 평온해 보였다.

　신조는 역지사지를 발휘해 청조의 입장에서 생각해 보았다. 청조가 보았을 때, 신조는 일단 '당장은'이란 수식어가 붙기는 했지만 청조 자신을 해칠 생각이 없어 보였다. 힘의 격차는 어마어마하니 덤비거나 도망칠 생각은 하지 않는 것이 좋았고, 그냥 시키는 대로 하면서 목숨 부지하는 것이 최선이었다.

　그리고 이렇게 친근하게 구는 것 역시 어찌 보면 괜찮은 생존 전략이었다. 이러니저러니 해도 같은 사람인 이상 '정'이라는 것이 붙기 마련이었다. 청조처럼 예쁜 여인이 살갑게 굴면 남자인 이상 끌리게 마련이었고, 처우가 개선될 가능성이 높았다.

'그런데 내가 늙긴 늙었구나.'

바로 옆에 향긋한 살 냄새를 풍기는 여인이 몸을 바짝 붙이고 있건만, 음심이 들기보다는 그저 귀엽다는 생각만 들었다. 말 잘 듣는 강아지 한 마리 끼고 있는 기분이랄까?

반로환동을 이루긴 했지만 신조 자신의 나이도 벌써 예순, 이순(耳順)에 들었으니 자식을 보았다면 청조만 한 손녀가 있다고 해도 이상하지 않았다.

'그래도…… 지금이라도 늦지 않았으려나?'

지난 세월 돌아보면 참으로 살벌하기만 했다. 여인을 품어 본 적이 없는 것은 아니었지만, 진정으로 마음까지 나누지는 못하였다. 누군가에게 마음을 전하지도, 다른 누군가의 마음을 받아들이지도 못했다. 하지만 이제는 은퇴도 하였고, 지금이라면 자식을 보는 것도 가능하지 않을까? 반로환동은 사람답게 한 번 살아 보라는 하늘이 주신 기회이지 않을까?

"주책이지."

신조는 키득 웃었다. 손가락으로 청조의 보드라운 뺨을 꾹꾹 눌렀다.

"야, 그만 일어나 봐라. 안 자고 있는 거 다 안다."

"헤헤헤."

청조가 약간은 바보처럼 웃으며 고개를 들었다. 사내라면 가슴이 두근거리지 않을 수 없는 여인 특유의 애교였다.

신조가 다시 청조의 뺨을 꼬집었다.

"너 그렇게 헤프게 웃지 마라. 아무리 황금충이 조카라고 해도 만마전(萬魔殿) 같은 하오문인데 큰일 당할라."

하오문에는 평범하고 선량한 이들도 많았지만 반대로 독하고 잔인한 자들도 많았다. 특히나 청조가 몸담고 있는 도박장 쪽은 갈 데까지 간, 막 사는 종자들이 넘쳐 나니 몸을 사릴 필요가 있었다.

신조가 나름대로 걱정을 해 주자 기세가 살았는지 청조가 눈을 깜박이며 물었다.

"삼촌을 잘 아세요?"

신조는 하오문에 대해 너무 잘 알았다. 하오문의 비밀 암호도 해독이 아니라 그냥 읽는 수준이었고, 내부 인사망에 대해서도 하오문도인 청조보다 훨씬 잘 알고 있을 정도였다.

"그냥 그럭저럭 업무상 몇 번 만난 게 다야."

대충 답한 신조는 다시 청조를 보았다. 행동 하나하나를 생각해서 하는 것 같지는 않았지만, 전부 썩 나쁘지 않았다. 어차피 청조야 더 드러낼 정보가 없으니 이렇게 대화를 많이 하면 할수록 청조 쪽에서 이득이었다. 정도 붙이고 나름대로 정보도 쌓을 수 있으니 말이다.

때문에 평소에는 신조도 대화를 통해 상대방의 정보를 캐내려 할 때 외에는 납치 대상과 딱히 대화를 나누는 일이 없었다. 하지만 은퇴를 해서 마음이 가벼워진 탓일까, 어쩐지 모르게 청조와 계속 대화를 나누게 되었다.

"너, 내가 몇 살로 보이냐?"

신조가 문득 물었고, 청조는 망설였다. 커다란 눈망울을 또르르 굴리더니 입술을 달싹거렸다.

"어, 약관은 넘으신 것 같은데……."

"그냥 느낌대로 말해 봐. 너 감 좋잖아."

청조는 고개를 한 번 갸웃 기울이며 신조의 얼굴을 다시 한 번 뜯어보더니 결국 난색을 표했다.

"모르겠어요. 짐작이 잘 안 가요. 그래도 굳이 말하라 하신다면…… 음, 서른?"

생각보다 좀 높은 숫자였다. 신조는 미간을 살짝 좁

히며 되물었다.

"음, 그렇게 보이나?"

솔직히 약관 좀 넘은 나이 정도로 보일 거라 생각했는데.

청조가 설명했다.

"겉만 보면 스물 약간 넘은 것 같기는 한데…… 왠지 모르게 나이 들어 보여요. 눈빛이나 분위기 같은 거요."

그야말로 정확한 표현이었다. 신조는 다시 청조의 뺨을 꼬집었다.

"너 그냥 숙수 일만 열심히 해라. 남들이 뭐라 해도 그냥 숙수만 해."

청조는 감이 좋았다. 외모가 지나치게 뛰어난 것이 흠이었지만, 눈썰미도 만만치 않은 것이 정보원으로 키우기 딱 좋은 인재였다. 하지만 그래서는 청조의 인생이 불행해질 뿐이었다. 더욱이 하오문의 정보원이라면 그야말로 최악이었다.

"무슨 의미예요?"

"좋은 뜻이야, 좋은 뜻."

대충대충 말한 신조는 청조가 불만을 표하듯 입술을 살짝 내밀자 킥, 하고 웃었다. 화제도 돌릴 겸 다시 물었다.

"요리는 잘하냐? 제일 자신 있는 요리가 뭐야?"

청조가 살짝 눈을 흘겼다. 남들이 보면 친한 오라비와 누이로 여길 정도로 자연스런 태도였다.

"그럼 설마 숙수가 요리를 못하겠어요? 제일 잘하는 건…… 음, 찜 요리를 특히 잘해요."

"찜 요리는 그냥 찌기만 하면 되잖아."

"아니거든요? 찜 요리도 손 엄청 많이 가거든요? 누가 요리하느냐에 따라 맛이 천양지차거든요?"

청조가 눈을 크게 뜨며 쏘아붙였다.

신조는 어이가 없어 실소하고 말았다.

"야, 너 그러다 잘하면 한 대 치겠다?"

그러자 또 얼른 고개를 숙이며 어깨를 움츠리는 것이 귀엽기 그지없었다.

'이래서 사람들이 계집질을 하나.'

신조는 마차 창밖을 돌아보았다. 눈에 익은 풍경이 펼쳐져 있었다.

"다 왔군."

과연 오래지 않아 마차가 멈추었다.

신조는 청조를 안고 경공으로 산은 넘은 뒤 제일 먼

저 당도한 마을에서 마차를 빌렸다. 서쪽 땅의 마방치
고 하오문의 입김이 닿지 않은 곳이 없으니 청조가 신
조와 함께 마차를 빌렸다는 사실은 하오문에 전해졌을
것이 분명했다. 청조 딴에는 몰래했다고 생각했겠지만,
마방 주인과 눈빛 교환하는 것을 확인했으니 틀림없었
다.

신조는 계속 하오문에게 신호를 보내고 있는 셈이었
다. 하지만 하오문에서는 이렇다 할 행동을 보이지 않
았다.

사실 이런 식의 수탐은 신조의 방식이 아니었다. 이
런 무식하기까지 한 정공법은 첫째 형인 창룡의 방식이
었다. 상대가 고수가 없는 하오문이니 첫째 형 흉내를
내는 것이었지, 정파구주나 사파칠주 가운데 하나였다
면 이런 짓은 생각도 하지 않았으리라.

두 번째 마을에 당도한 신조는 청조를 데리고 바로
객잔으로 향했다.

'나쁘진 않지만, 너무 이상한데?'

중원의 대표적인 정보 조직이라면 보통 하오문과 개
원을 꼽는다.

두 조직은 공통점과 차이점이 명확했는데, 공통점은
인해전술로 정보를 모은다는 사실이었다. 세상 어디에

가도 사람 사는 곳이라면 하오문과 개원의 눈을 피할
수 없었다.

차이점은 여러 가지가 있었는데, 우선 첫째로 개원은
황실 휘하의 정보 조직이라는 사실이었다. 현재는 반쯤
독립된 것이나 다름없는 개원이지만, 본래 그 태생이
거지들을 관리하기 위한 관의 조직이었던 만큼 황실과
의 연을 완전히 끊을 수는 없었다. 그에 반해 하오문은
그 태생부터 운영까지 황실과 무관했다.

둘째는 정보의 취급 방법이었다. 하오문은 마부, 기
녀, 소투, 점소이 등 사방 천지에 퍼져 있는 하오문도
들로부터 온갖 자잘한 정보들을 다 모은 뒤 그것들을
분석하여 가치 있는 정보를 만들어 냈다. 개원 역시 비
슷하게 온갖 정보를 모으기는 했지만, 하오문과 달리
직접 거지들을 투입해서 보다 적극적인 탐문과 수탐에
치중했다. 때문에 진짜 제대로 된 정보를 얻기 위해서
는 하오문과 개원 모두에게서 정보를 얻어야 한다는 소
리도 있었다.

셋째로, 하오문은 개원과 달리 약했다. 개원도 제대
로 된 무림방파라 하기에는 무리가 있었지만, 하오문은
그 정도가 심했다. 애당초 구성원들이 마부나 점소이
등 무공과는 연이 없는 자들이 태반이었고, 조직 핵심

부에도 이렇다 할 고수가 없었다. 배신과 하극상이 여반장처럼 일어나다 보니 다른 문파들처럼 체계적으로 무공을 계승하고 연구할 기반을 기르지 못했기 때문이다. 반면, 개원은 꾸준히 무공을 연마하고 계승해 나름대로 개원만의 고수들을 키워 낼 수 있었다.

하오문은 약했다. 고수가 없었고, 애당초 정보 수집도 직접 몸을 들이밀기보다는 앉아서 들어오는 정보들을 취합하는 방식이었다. 때문에 신호를 보내도 직접적으로 움직이지는 않을 거라 생각하기는 했다. 하지만 그래도 그렇지 너무 반응이 없었다. 더욱이 하오문 측에서는 신조 자신이 젊어졌다는 사실도 모르지 않은가. 애당초 청조를 보낸 의도 자체가 신조 자신을 움직이거나 무언가 뜻을 전하기 위해서였다 할지라도 하오문 입장에서는 실패한 것이나 다름없는 상황이었다.

'너무 꼬았나.'

신조는 창문을 닫고 돌아섰다. 침상 위에서는 청조가 새근새근 숨소리를 내며 잠들어 있었다.

"거참, 잘도 잔다."

처음에는 앞에서 밥도 제대로 못 먹더니, 이제는 매사에 태연한 청조였다. 신조는 뒷머리를 몇 번 긁적이다가 청조 옆에 누웠다. 이미 처음 납치했을 때 온몸을 다 뒤진지라 청조에게는 이렇다 할 무장이 없었다. 더욱이 환골탈태에 반로환동까지 한 마당이니 설사 청조에게 칼을 쥐어 줘도 무사할 자신이 있는 신조였다.

신조가 옆에 눕자 인기척을 느꼈는지, 아니면 온기를 따라 자연스럽게 움직인 건지 청조가 신조의 품에 안기듯 기어 들어왔다. 자신의 가슴에 머리를 대고 곤히 잠든 청조의 모습에 신조는 다시 한 번 할 말을 잃었다.

'이걸 밀어내야 하나, 말아야 하나.'

딱히 기분 나쁜 것은 아니었지만, 아니, 오히려 기분이 좋긴 했지만, 그래도 무언가 너무 상식에서 어긋나는 기분이었으니까.

"엄마……."

낮게 중얼거린 것은 청조였다. 꼼지락거리더니 신조의 품에 더욱 깊이 안겨 들었다. 신조는 결국 한숨을 토했다. 한 손으로 청조의 어깨를 안아 준 뒤 눈을 감았다.

'잠이나 자자.'

"아들딸 낳고 잘살 거야."

첫째 누나 요호(妖狐)가 그리 말했다.

둘째 누나 애묘(愛猫)가 언제나처럼 딴죽을 놓았다.

"언니, 그래 봐야 나이 마흔 아래에 은퇴한 사람은 없어. 그때 은퇴해서 무슨 애를 낳고 자시고 해?"

십삼조의 모두는 기본적으로 황실에 매인 몸들이었다. 황실의 허가 없이는 은퇴도, 혼인해 가정을 이루는 것도 불가능했다. 나이 마흔에 은퇴를 했다는 그 요원은 전쟁 중에 큰 공을 세운 덕에 그리 '일찍' 은퇴를 할 수 있었다고 했다.

요호는 흥, 하고 코웃음을 치며 말했다.

"공을 그 사람보다 훨씬 더 많이 세우면 되지."

"퍽이나. 그럼 황실이 놔줄 것 같아? 고년 참 쓸 만하다고 더 부려먹으려고 하지."

아주 틀리지만은 않은 애묘의 지적이었다. 요호는 잠시 주춤했지만, 그래도 이내 다시 가슴을 활짝 펴며 특유의 자신만만한 미소를 그려 보였다.

"두고 보렴. 난 꼭 해낼 테니까."

신조는 눈을 떴다. 해가 뜨려면 아직 이른 새벽이었다.

누나들이 나오는 꿈을 꾼 것은 오랜만이었다.

첫째 누나 요호와 둘째 누나 애묘.

요호는 정말로 나이 서른둘에 은퇴를 했다. 앞으로

경신하는 이가 없을 거라 누구나 입을 모아 말했을 정
도로 엄청난 대기록이었다.

사실 그럴 수밖에 없었다. 십삼조 일곱 명 전원이 함
께 반란을 막은 공으로 요호 하나를 은퇴시킨 것이었으
니까.

요호는 엉엉 울었고, 애묘는 얼른 가라고 그런 요호
를 타박했다.

여자 나이 서른둘. 늦었다면 늦을 나이에 요호는 시
집을 갔고, 소원대로 아들 딸 낳고 행복하게 살았다.

신조는 기감을 퍼트렸다. 넓게 퍼진 기감으로 객잔
안에 머물고 있는 모두를 감지하였다. 역시나 수상한
기척은 없었다.

'그냥 숨어 버릴까?'

신조가 반로환동을 했다는 사실을 아는 자는 아무도
없었다. 전설에나 나올 경지인 반로환동이니 그걸 신조
가 해냈을 거라 생각하는 이도 없을 터였다. 그러니 여
태까지 쌓은 지식과 경험을 총동원해 숨어 버리면 되는
일이었다. 하오문은 물론이거니와, 황실도 신조를 찾아
내지 못하리라.

하지만 신조는 그렇게 하지 않았다. 그렇게 하지 못
했다.

어쩌면 황실과 연관된 일로 발전할지 몰랐다, 십삼조와 관련된 일이 될지도 몰랐다. 그러한 걱정들이 신조를 붙잡았다.

신조는 여전히 자신의 품에 안겨 자고 있는 청조를 보았다. 조심스럽게 청조를 밀어내며 자리에서 일어섰다.

"오늘은 마차 안 타요?"

"어, 오늘은 걸을 거야. 노숙도 할 거고."

객잔 문 열자마자 언제나처럼 소면 한 사발을 말아 먹은 신조는 청조를 데리고 길을 나섰다. 마방을 그냥 지나쳐 마을 밖까지 쭉쭉 걷기만 했다.

청조는 불만스럽다는 듯 울상을 지으며 입술을 삐쭉 내밀었지만, 신조는 신경 쓰지 않았다. 그저 걸으며 물었다.

"청월 얘기나 좀 해 봐. 거긴 요즘 어떠냐?"

"여전히 비사문이 꽉 잡고 있죠."

거기서 잠시 말을 끊은 청조는 주변을 살피더니 소리 죽여 덧붙였다.

"아시다시피 서문가는 서쪽 땅의 왕족이나 다름없으니까요."

비사문은 다른 정파구주와 달리 지방 토호가 무림문 파로 전화(轉化)한 경우였다. 서문가는 제가 세워지기 전부터 서쪽 땅 북부에서 세가 강하던 가문이었고, 지금은 정파구주 가운데 하나라는 무력과 서쪽 땅의 상권의 삼분지 일 이상을 움켜쥐고 있다는 금력을 모두 갖추고 있었다. 사정이 이렇다 보니 서문가는 청조 말마따나 서쪽 땅의 작은 왕가나 다름없었다.

신조는 청조의 이마를 가볍게 손끝으로 밀었다.

"그걸 누가 모르겠니. 그보다 황금충이랑 도박장은 좀 어때? 그리고 넌 구체적으로 어디서 일했냐?"

청조는 이마를 매만지며 얼른 답했다.

"삼촌도 여전해요. 매일같이 도박질하고 계집질하고 도박장 관리하고. 전 삼촌이 관리하는 본관에서 숙수로 일했어요."

"본관에서?"

"……왜요?"

청조가 고개를 갸웃 기울이자 신조는 키득 웃었다.

"아니, 너 진짜 요리 잘하나 보네? 본관에서 일하고."

청월에 있는 본관 도박장은 어중이떠중이들을 상대로 한 곳이 아니었다. 소위 말하는 큰손들이 모이는 곳이었기에 그만큼 모든 면에서 고급을 추구했다. 그런데 청조가 그런 본관에서 숙수로 일했다면 보조 숙수였다 할지라도 제법 솜씨가 좋았을 터다.

신조의 놀림 아닌 놀림에 청조는 고개를 획 돌렸다.

"흥."

하지만 그게 청조가 할 수 있는 반항의 전부였다. 신조는 다시 물었다.

"숙수 일 말고 임무 같은 건 전혀 맡아 본 적 없고?"

"사람 감시하거나 미행하거나…… 그런 건 좀 해 봤죠. 이번처럼 멀리까지 나온 건 처음이지만요."

직접전인 탐문은 자제하는 하오문이지만 저 정도는 하지 않을 수 없었다. 신조는 자신의 뒤를 밟던 청조를 떠올려 보았다.

"너 뭐 배웠는데?"

"경공 약간이랑…… 일수비백비요."

일수비백비란 말에 신조가 눈을 살짝이지만 크게 떴다. 일수비백비는 이름처럼 거창한 무공은 아니었지만, 그래도 황금충이 하오문에서 십 년 넘게 자리를 유지할 수 있던 비결이기도 했다. 그만큼 황금충이 누구에게 전수도 안 하고 혼자서만 익히던 무공이었는데, 청조가 지금 그걸 배웠다고 말했으니 조금이지만 놀라지 않을 수 없었다.

"황금충이 조카 맞구나."

"아까부터 왜 그래요?"

청조가 볼을 부풀리며 그리 물었다. 꽉 깨물어 주고
싶은 그 모습에 신조가 끌끌 혀를 찼다. 청조의 볼을
꼬집었다.

"네가 넉살이 너무 좋아서 그런다. 내가 진짜 진지하
게 충고하는 건데, 너 다음에 이번하고 비슷한 상황에
처하면 지금처럼 굴지 마라. 그러다 진짜 위험해진다.
알지?"

신조 자신이야 청조와 실력 차이가 너무나 컸고 보기
와 달리 나이도 많은데다 어찌 되었든 황실의 인물인지
라 필요하지 않는 한 청조를 해할 마음이 없었지만, 앞
으로 청조가 만날 자들도 그러라는 법은 없었다. 아마
청조를 강제로 범하려는 놈들이 더 많을 터였다.

청조도 신조가 무슨 말을 하는지 대강은 알아들었는
지 순순히 고개를 숙였다.

"네."

그래도 청조는 제법 영리했다. 신조가 제일 칭찬해
주고 싶은 부분은 청조가 여태까지 신조에게 '누구냐'
고 단 한 번도 묻지 않았다는 점이었다. 이름자를 묻긴

했지만 그것과 어디 소속인지, 뭐 하는 사람인지, 신조와는 어떤 관계인지를 묻는 것은 천양지차였다. 사람이라면, 그리고 지금처럼 어찌 되었든 원만한 관계를 구성하고 대화를 하고 있으면 누구든 묻고 싶기 마련일 텐데 청조는 그걸 꾹 참고 있었다.

그런 질문은 위험했기 때문이다.

'기방에서 눈독들일 만도 하네.'

새삼 청조의 옆모습을 바라본 신조는 더 말하는 대신 걸음을 재촉했다.

일부러 산중에서 노숙까지 해 보았지만 역시나 밤사이의 기습 같은 것은 없었다. 신조도 이쯤 되니 아무래도 청조의 파견 자체가 신조를 불러내기 위한 '서신' 그 자체일 거란 생각을 할 수밖에 없었다.

'만약 그렇다면 황금충이 짓은 아닐 테고…… 진짜 태산도성인가.'

황금충은 신조에게 이런 방식을 사용할 수 없었다. 청조에게 말했듯이 황금충은 신조와 몇 번 '업무상' 대면한 경험이 있기 때문이었다. 하오문에서라면 적어도 삼성 정도는 되어야 이런 짓거리를 신조에게 할 수 있었다.

"더 이상 시간 끌 필요 없지 그럼."

"네?"

걷다 말고 신조가 갑자기 꺼낸 말에 청조가 고개를 갸웃 기울였다. 신조는 설명하는 대신 청조에게 턱짓을 했다.

"업혀라."

"업…… 히라고요?"

"들쳐 매 주리?"

청조는 더 묻지 않고 쪼르르 걸어 신조의 등 뒤에 매달렸다. 그런 청조를 단단히 업은 신조는 천천히 숨을 골랐다. 호흡을 바꾸며 지면을 박찼다.

신조가 익힌 경공은 황실의 것이 아니었다. 무림에 이름난 명숙의 것은 더더욱 아니었다. 십삼조의 '스승님' 께서 독자적으로 창안하신 경공이었다.

신조는 십삼조의 일곱 명 가운데서도 경공이 뛰어난 편이었다. 애당초 신조라는 이름 또한 새처럼 잘 난다고 해서 첫째 누나 요호가 붙여 준 이름이었다.

어느 순간, 신조가 바람을 앞섰다. 험준한 산중이었지만 그 무엇도 신조를 방해하지 못했다. 비호를 넘어, 실로 한 마리 수리와 같은 속도였다.

평소라면 이 정도가 한계였다. 아무리 빨리 달린다

한들 말의 속도를 넘어서는 것은 순간뿐이었고, 오래 달리자면 말보다 느려질 수밖에 없었다. 하지만 이번에는 달랐다. 신조는 조금 더 욕심을 부려 보았다. 환골탈태 이후 그 크기가 확장된 단전으로부터 기운이 샘솟았다. 뿐만 아니라 진기가 중단전을 지나 상단전에까지 이르러 순환 경로가 길어졌음에도 이전보다 훨씬 더 빠르게 회전하였다.

신조는 진각을 밟았다. 의념을 현실화하였다.

조금 더 빠르게, 조금 더 빠르게!

날아올랐다. 말의 속도를 넘어섰다. 아니, 말과 비교할 수 없었다. 더 빨랐다. 그리고 가벼웠다. 풀잎 하나를 밟고도 도약할 수 있었다.

청조가 등 뒤에서 꺅! 하고 비명을 질렀다. 신조의 등에 바싹 몸을 붙이며 떨어지지 않기 위해 안간힘을 썼다.

이루 말할 수 없는 쾌감이 신조의 전신을 관통했다. 신조는 황실의 요원인 동시에 무인이었다. 진일보한 무의 성취에 흠뻑 빠져들 수밖에 없었다.

"후우……."

신조가 멈춘 것은 무려 두 시진 이상을 달린 후였다. 중도에 사람이 다니는 길로 빠지지 않고 그대로 산을 몇 개나 타넘어 거리를 훨씬 더 단축하였다. 하지만 아직도 몸에는 여력이 있었다. 조금 더 달리라는 듯 온몸의 기맥이 맥동했다.

하지만 신조는 호흡을 골랐다. 저만치 보이는 마을에 시선을 두며 업고 있던 청조를 내려 주었다.

"달린 건 난데 지친 건 왜 너냐?"

바닥에 발이 닿자마자 그대로 풀썩 주저앉아 버린 청조를 보며 신조가 묻자 청조는 넋이 나간 얼굴로 중얼거렸다.

"호랑이 위에…… 아니, 무슨 독수리 등에 탄 기분이었어요."

신조는 그런 청조를 일으켜 세웠다. 여전히 다리가 후들거리는 청조를 부축하며 길을 걸었다.

"나루로 가는 거예요?"

머릿속으로 지도를 그려 본 청조가 그리 물었다. 산을 몇 개나 넘은 탓에 백룡강의 지류에 닿을 수 있었기 때문이다.

신조가 고개를 끄덕였다.

"너랑 노닥거리는 게 솔직히 재미있기는 한데, 굳이 더 시간 끌 필요 없을 것 같아서 말이야. 배편으로 빨리 가야겠다."

서쪽 땅을 관통하는 백룡강의 배편을 통해 청월로 향하면 육로를 이용할 때보다 며칠 더 시일을 앞당길 수 있었다. 청조는 알겠다는 듯 고개를 끄덕인 뒤 더는 묻지 않았다. 신조는 청조와 함께 나루로 향했다.

전국 마방에 입김이 닿는 하오문이었지만, 나루에까지 힘이 닿지는 않았다. 백룡강을 틀어쥐고 있는 것은 정파구주 가운데 최강이라 불리는 천검문과 사파칠주 가운데 하나인 백룡채였기 때문이다.

"내가 왜 네 삯까지 치러야 하냐?"

"어…… 배를 타자고 하신 건 어르신이시니까요?"

두 사람이 오른 배는 제법 컸다. 선실이랄 것까지는 없었지만 지붕도 있었고, 그럭저럭 서른 명 정도가 동시에 오를 수 있을 정도의 규모였다.

신조는 청조를 데리고 선미 끝자락에 자리를 잡았다. 커다란 창을 통해 드넓은 백룡강이 한눈에 들어왔다.

시간대가 애매해서인지 배는 규모에 비해 손님이 그렇게 많지 않았다. 행상 몇이 실은 짐들이 차지하는 면적이 손님들이 차지하는 면적보다 넓을 정도였다.

나루를 떠난 배가 점점 더 속도를 올리기 시작했다. 이대로 쭉 뱃길을 따라 올라가다 청주에서 마차를 타면 청월까지 길어야 오 일 이상이 걸리지 않았다.

백룡강은 어딜 가나 절경이었지만 청조는 별반 관심이 없는지 쪼그리고 앉아 꾸벅꾸벅 졸았다. 신조는 창틱에 턱을 괴고 바람을 즐겼다. 무심한 어조로 말했다.

"배는 습격하기에 좋지."

청조가 고개를 번쩍 들었다. 특유의 감이 신조의 말에 숨어 있는 무언가를 감지했기 때문이다.

"그, 그게 무슨 말씀이세요?"

"배는 퇴로가 없거든."

신조는 바로 서며 청조를 내려다보았다. 신조의 말마따나 배는 습격을 하기에 좋았다. 전후좌우 모두가 강인지라 퇴로가 없었고, 설사 물속으로 도망친다 해도 육로보다 훨씬 더 그 도주 속도가 느려질 수밖에 없었다.

청조는 신조의 눈을 보았다.

신조는 차가운 눈으로 미소를 머금었다.

"그리고 드디어 나서 주시네."

비수가 날아왔다. 창밖에서 쏟아진 그것은 청조에게는 너무나 급작스런 것이었지만, 신조에게는 아니었다. 옆을 돌아보지도 않고 손을 놀렸다. 일찌감치 펼쳐 두었던 기감은 환골탈태 이후 그 범위만 넓어진 것이 아니었다. 보다 세밀해졌고, 보다 정확해졌다.

신조의 손끝에 비수가 걸렸다. 신조는 손목만을 회전시켜 비수를 반대편으로 던졌다. 도약과 동시에 검을 뽑아 들었던 봇짐장수의 이마에 비수가 박혔다.

청조는 눈을 크게 뜨고 숨을 삼켰다. 신조는 벼락같이 검을 뽑아 들었다.

배 안에 있던 손님을 가장한 일곱, 수면 위로 모습을 드러낸 배 밖의 살수 다섯.

"반갑다."

신조가 말했고, 그들 모두가 동시에 움직임을 개시했다.

"까악!"

몇 번인가 싸움을 경험해 보고, 하오문에서 이래저래 많은 것을 배운 청조였지만 여염집 처녀처럼 비명을 지르고 말았다. 신조가 괴력을 발휘해 청조를 배 구석을 향해 집어 던졌기 때문이다.

신조의 무공은 정이 아닌 동에 있었다. 특기인 신법을 살려 고속으로 기동해 적을 혼란케 하고 찰나의 틈을 찌르는 것이 신조의 전법이었다. 환골탈태와 반로환동으로 이전보다 배 이상 강해졌지만 그러한 기본만은 변하지 않았다.

신조의 난데없는 청조 투석의 결과 혼란스러워진 배 안에 질풍이 몰아쳤다. 신조는 그 어떤 적과도 두 수 이상을 나누지 않았다. 검기를 뿌리거나 검광을 일으키지도 않았다. 품에 파고들어 심장을 찔렀고, 등 뒤를 점해 목을 갈랐다. 정확한 일수로 철저하게 급소만을 노렸다. 무인이라기보다는 살수의 싸움이었다.

처음 둘을 죽인 순간 신조는 생각했다.

'이것들, 날 죽일 마음이 없군.'

부상은 개의치 않았지만 어찌 되었든 '살려서' 포획하라는 명을 받은 자들 특유의 움직임이 보였다. 신조에게는 오히려 좋은 일이었다. 자신은 상대를 죽일 생각이었는데 상대는 살릴 생각이었으니 이 얼마나 쉬운 싸움인가.

신조는 네 명 째의 목을 끊으며 생각했다.

'그래도 다 죽일 순 없고, 몇 놈이나 살려야 할까?'

포로를 잡아 정보를 캐내는 데는 세 명이 가장 좋다는 것이 셋째 형 아랑의 의견이었다.

"한 놈은 처절하게 고문해서 죽이고, 나머지 두 놈 중에 먼저 말한 놈만 살려 준다고 말하면 된다니까?"

셋째 형 아랑의 목소리를 떠올린 신조는 결국 그렇게 하지 않았다. 배 안에 있던 자들을 모두 죽였다. 상대가 누구인지 간파했기 때문이다.

"백룡채군."

"배, 백룡채요?"

사파칠주 가운데 하나이자, 백룡강 남부를 움켜쥐고 있는 수채.

신조는 청조가 아닌 창밖을 보았다. 배 안으로 달려드는 대신 다시 수면에 자리를 잡은 살수들이 내쏜 노궁을 시체 하나를 차올려 막으며 말했다.

"청조야, 너 수영할 줄 아니?"

"하, 할 줄 아는…… 아, 안 돼요!"

신조는 더는 듣지 않았다. 시체를 창밖으로 내던져 순간이나마 시야를 차단한 뒤, 울상 짓는 청조를 한 손으로 챙겼다. 그대로 가느다란 허리를 꽉 끌어안으며 반대편 창을 향해 몸을 던졌다.

"돼!"

뱃전을 밟고 비호처럼 날아올랐지만 수면을 박차 오르지는 못했다. 한바탕 물소리와 함께 신조와 청조의 모습이 수면 아래로 사라졌다.

백룡강 위에서 백룡채와 싸우는 것만큼 어리석은 일
은 없었다. 자잘한 잔챙이 수적까지 모두 합치면 백룡
채의 인원은 일천을 헤아리고도 남았다. 때문에 백룡
채의 안마당인 백룡강에서의 싸움은 곧 끝없이 몰려드는
적과의 싸움을 의미했다.

　물론 그렇다 해서 물속으로 뛰어든 것 또한 썩 좋은
판단은 아니었다. 수중전에 도가 튼 백룡강의 살수들
앞에서는 지상의 고수도 한 수 접어 줄 수밖에 없기 때
문이었다. 하지만 신조의 경우는 조금 달랐다. 우선 신
조는 보통 고수가 아니었으며, 그 역시 수중전의 달인
이었기 때문이다.

　백룡강 어귀 수풀이 우거진 곳에서 신조가 머리를 내
밀었다. 천천히, 축 늘어진 청조를 끌고 지상 위로 올
라왔다.

　신조는 옷이 젖었다는 것 외에는 멀쩡했지만, 청조는
아니었다. 왈칵 물을 토하더니 금방이라도 숨이 넘어갈
사람처럼 헐떡였다.

　"하악! 하아……."

　청조는 눈물 콧물 가리지 않고 다 쏟았다.

정말로 숨이 막혀 죽는 줄만 알았다.

신조는 그런 청조의 뒷모습을, 옷이 착 달라붙어 여성 특유의 곡선이 드러난 몸을 보며 말했다.

"야, 신음도 신음이지만, 너 너무 야하다."

능청스런 신조의 말에 청조가 도끼눈을 떴다.

"지, 진짜 죽는 줄 알았…… 다고요."

그래도 한 가닥 이성이 남았는지 목소리가 높아지다가 다시 낮아졌다.

신조는 그런 청조의 등을 몇 번 토닥여 준 뒤 내력을 발해 옷과 몸에 묻은 물기를 날려 버렸다. 덕분에 다시 한 번 물벼락을 맞은 청조는 서럽기 그지없었지만, 이번에도 속으로만 삼킬 뿐이었다.

신조는 그런 청조에게 다시 등을 내밀었다.

"아무튼 이 자리를 일단 피하자. 옷은 내 곧 말려 주마."

백룡강은 백룡채의 영역이었다. 오래 머물러서 좋을 것이 없었다. 더욱이 청조야 모를 일이었지만, 신조는 물속에서 자신에게 덤벼드는 살수 셋을 죽였다. 당장 눈에 보였던 살수가 다섯이니 아직 둘이 남은 셈이었다. 머뭇머뭇 거리다가는 개미 떼처럼 몰려든 백룡채의 살수들에게 둘러싸이는 수가 있었다.

청조는 겁먹은 얼굴로 얼른 신조의 등에 업혔고, 신조는 신형을 날렸다.

'백룡채가 왜 나를 노리지?'

여태까지 무언가 '반응'을 기대하기는 했지만, 백룡채의 개입은 의외였다. 단순히 의뢰를 받은 것일까, 아니면 백룡채 나름의 어떤 목적이 있는 것일까?

신조는 생각하는 와중에도 발을 멈추지 않았고, 일각여 만에 상당한 거리를 나아갔다. 인적이 드문 수풀 사이에 안착한 신조는 여전히 물에 빠진 생쥐 꼴로 코를 훌쩍이는 청조에게 말했다.

"잠깐만 기다려 봐."

신조는 봇짐에서 다 젖은 여벌 옷 하나를 꺼내 내력을 주입하였다. 단번에 물기를 날려 버리고 뽀송뽀송하게 만든 뒤 청조에게 내밀었다.

"자, 일단 이걸 입어. 네 옷을 주면 그걸 또 내가 말려 주마."

얼결에 옷을 받아 든 청조는 눈을 휘둥그레 떴다.

"여, 여기서 갈아입으라고요?"

인적이 드물고 수풀이긴 하지만 바로 옆에 길이 있는데?

"그럼 내가 탈의실 만들어 주랴? 수풀에 숨어서 얼른 갈아입어."

신조가 턱짓으로 수풀을 가리키자 청조는 울상을 지으며 수풀 속에 몸을 숨겼다. 망설인 끝에 젖은 옷자락에 손을 가져다 대고는 기죽은 목소리로 말했다.

"훔쳐보지 마요."

"아서라. 그리고 속옷까지 다 벗고. 한 번에 말려 줄 테니까."

청조의 얼굴은 툭, 치면 터질 것처럼 발갛게 변했다. 하지만 별다른 수가 없었다. 금방이라도 울 것 같은 얼굴로 신조에게 옷가지 일체를 내밀 수밖에 없었다.

'으음, 내가 좀 너무하긴 했네.'

청조의 속옷과 가슴가리개에서 가능한 시선을 피하며 신조는 내력을 주입했고, 이번에도 바싹 마른 옷들을 고이 접어 청조에게 주었다.

"자, 얼른 다시 갈아입어."

청조는 말없이 수풀로 쪼르르 달려갔다. 그리고 일다경이나 지났을까, 그나마 좀 가라앉은 얼굴로 청조가 중얼거렸다.

"음, 편하긴 한데 뭔가 이상하네요."

빨래의 난해함 가운데 하나인 '말리는 과정'을 완전

히 생략시켜 버린 신조였다. 하지만 신조는 고개를 가로저었다.

"아주 좋은 것만은 아냐. 옷에 그만큼 무리가 가거든. 이거 몇 번 하면 옷 다 찢어지더라. 너도 길가다가 갑자기 발가벗기 싫으면 그 옷 더는 입고 다니지 마라."

청조의 얼굴이 다시 홍시처럼 붉어졌다.

신조는 그런 청조를 데리고 길가로 나왔다. 태연한 얼굴로 걸으며 물었다.

"백룡채가 나를 친 이유에 대해…… 당연히 아는 거 없지?"

"네."

청조의 대답은 예상대로였다. 신조가 한숨을 내쉬었다.

"황금충이든 태산도성이든 빨리 만나야겠군."

정보가 너무 부족했다. 백룡채의 살수까지 동원된 것을 보면 결코 작은 일이 아닐 터인데 아는 것은커녕 짐작 가는 것조차 하나 없었다.

청조가 몇 번인가 입술을 달싹거린 끝에 입을 열었다.

"……저도 표적이 되었을까요?"

새삼 겁을 먹은 얼굴이었다. 신조는 인상을 찡그렸다.

"모르지, 그야."

겉만 보면 신조와 청조는 퍽이나 사이좋은 한 쌍이었다. 백룡채가 둘 사이를 어떻게 볼지는 쉬이 짐작할 수 있었다.

청조의 어깨가 축 처졌다. 하지만 그래도 하오문도답게 울거나 좌절하지는 않았다. 새삼 신조에게 꼬박 고개를 숙였다.

"잘 부탁드려요."

결국 신조는 웃고 말았다. 청조의 뺨을 한차례 꼬집어 준 뒤 시선을 멀리하였다.

늙은 신조는 사라졌다.

그런데도 자신을 공격하는 자들이 있었다. 그들은 왜 자신을 공격하는가, 왜 자신을 죽이기보다 포획하려 했던가.

'날…… '신조의 제자'로 여기는 건가?'

신조는 청조에게 턱짓을 했고, 청조는 바로 알아들었다. 등 뒤에 닿는 부드러운 감촉을 느끼며 청조를 단단히 업은 신조는 경공을 펼쳤다.

하오문과 거래를 할 때 각오해야 할 것은 두 가지였다. 하나는 거래하는 그 순간 거래했다는 사실 자체가 새로운 정보가 되어 팔려 나갈 수 있다는 것과, 하오문 내부에서도 각 파벌의 정보를 서로 다른 자들에게 팔아넘긴다는 사실이었다.

신조는 달리면서 생각을 정리했다. 주어진 정보가 너무 적어 대부분이 추측일 수밖에 없었지만 하나의 그림을 그려 보았다.

하오문에서 청조를 보냈다. 청조는 '늙은 신조'라면 의구심을 느낄 수밖에 없는 여러 면모를 지녔다. 하오문이나 제삼자 입장에서는 정체를 알 수 없는 '젊은이'가 나타나 청조와 동행을 시작했다. 하오문에는 '늙은 신조'가 다시 산에 돌아갔다는 근황이 전해졌다. 이후 하오문은 움직이지 않았다. 그리고 백룡강에서 백룡채가 '젊은이'를 노리고 습격을 해 왔다.

'하오문은 '나'를 '늙은 신조'와 관련된 이라 생각하고 있어. 그리고 그것은 백룡채도 마찬가지일 터야.'

백룡채의 살수들은 처음에 '젊은이'인 신조를 죽이지 않고 제압하려 했다. 그건 '젊은이'에게서 무언가

캐낼 것이 있다는 뜻이었다.

무엇을 캐내려 했던 것일까?

무엇을 얻을 수 있다 생각한 것일까?

'젊은이는 늙은 신조의 제자. 혹은 깊은 연관이 있는
이.'

하오문도 그렇게 생각한 것이 아닐까?

그렇기에 어찌 되었든 신조와 연관된 누군가가 청조
와 동행해서 하오문으로 오고 있다는 사실에 만족한 것
은 아닐까?

그렇다면 백룡채는 무엇인가?

누가 백룡채를 움직이게 한 것인가?

'마방에 들렀으니 마방 쪽에서 정보를 다른 곳에서
팔았을 터인데, 대체 누가 그 정보를 산 것일까? 백룡
채 혹은 그 배후는 나를 잡아서 무얼 하려는 것일까?'

단서가 너무 부족했다. 아는 것이 없으니 결국 의구
심만 더 커질 뿐이었다.

'일단 뱃길은 이제 이용 못하겠군.'

백룡강 이남은 백룡채의 영지라 해도 과언이 아니었
다. 뱃길을 이용하겠다고 나서는 것은 백룡채에게 자신
을 잡아 달라며 제 발로 걸어가는 것과 다름이 없었다.

육로도 완전히 안전하다고는 장담할 수 없었지만, 어

찌 되었든 뱃길보다는 나았다.

'천검문의 영역에 들어간 뒤 말을 빌려서 최대한 시일을 줄여 보는 수밖에.'

제아무리 사파칠주 가운데 하나이자 백룡강의 강자인 백룡채라 해도 정파 최강이라 불리는 천검문의 위세 앞에서는 빛이 바랄 수밖에 없었다.

'일단 청월에 당도해야 뭐가 되었든 답이 나오겠어.'

차라리 그냥 암룡에 도움을 청하는 것이 낫지 않을까 하는 생각도 들었지만, 은퇴한 순간 필요한 모든 연락 방법을 상실한 신조였다. 물론 그래도 하고자 한다면 어떻게든 수를 찾아낼 수 있었지만, 그건 왠지 모르게 감이 좋지 못했다.

둘째 형 뇌호는 '감'을 중요하게 여기는 신조와 둘째 누나 애묘를 비이성적이라고 늘 타박했지만, 신조가 이날 이때까지 살아남을 수 있던 것은 과장 조금 보태 삼할은 그 날카로운 특유의 감 덕분이었다.

황금충에게, 아니, 그보다는 태산도성에게 한시라도 빨리 달려가야만 했다. 신조는 문득 등 뒤에 업고 있는 청조를 떠올렸다. 엄밀히 말해 청조는 '혹'이었다. 여태까지 데리고 다니기는 했지만, 사실 그다지 큰 의미가 없었다. 청조는 말 그대로 '서신'에 불과했다. 그냥 버리고 혼자서 하오문으로 달리는 것이 훨씬 더 편하고 빠른 길이었다. 당장에 배에서의 싸움도 청조가 없었다면 조금 더 쉬워졌을 터다.

'그냥…… 진짜 버리고 혼자 갈까?'

그런데 신조가 그런 생각을 떠올렸을 때다. 청조가 돌연 신조의 목을 껴안은 손에 힘을 주며 몸을 좀 더 바짝 밀착시켰다. 마치 떨어지기 싫다는 듯이 말이다.

"너 지금 뭐 하냐?"

등 뒤에 닿는 부드럽고 말캉말캉한 감각은 기분 좋았지만, 그래도 난데없기는 매한가지였다. 신조의 어깨에 얼굴을 묻은 청조가 작게 속삭였다.

"그, 그냥 갑자기 좀 무서워서요."

신조는 달리다 말고 입을 벌렸다.

"진짜 감 하나는 타고났네. 나랑 필적하겠다, 너."

"네?"

신조는 대답하는 대신 청조를 좀 더 단단히 업었다. 애당초 청조와 갈라졌다면 모를까, 지금은 너무 늦었다. 이제는 청조도 표적이 되었을 가능성이 높기 때문이었다. 정말로 필요하다면 지금이라도 당장 등 뒤의 청조를 죽일 수 있는 신조였지만, 지금은 그렇게 생각하지 않았다.

신조는 달리며 말했다.

"아무래도 앞으로 며칠은 계속 노숙해야겠다. 괜찮지?"

보통이라면 일부러 사람들이 많은 곳으로 가는 것도 나름의 방법이었지만, 이번에는 달랐다. 어설프게 이목을 끄느니 신조 자신의 특기인 경공술을 살려서 한발 앞질러 나아가는 것이 나았다.

청조가 약간이지만 웃으며 답했다.

"여부가 있을까요. 잘 부탁드려요."

겁먹고 두려워하고 있음에도 웃을 줄 알았다. 머리도 좋았고 참을성도 강했다. 더욱이 감은 얼마나 좋은가.

'이렇게 만난 게 아니었다면 제자로…….'

"삼았을지도 모르겠네."

생각으로 시작했지만 마지막은 육성이 되었다. 청조가 눈을 깜박였다.

"네?"

"아니, 아무것도."

신조는 그저 엷은 미소를 머금었다.

백룡채의 본채는 백룡강와 인접한 상업 도시 가운데 하나인 기주에 있었지만 막상 본채에 머무르는 백룡채 간부는 거의 없다시피 했다. 백룡채주가 백룡선을 몰듯이 간부들은 저마다 자신들의 배에 올라 백룡강을 누볐다.

그 가운데 하나, 백룡채 부채주 수장대도 모일탁의 기함인 귀갑선이 언제나처럼 백룡강 수면 위를 가르고 있었다.

"백룡강에서만은 무적이라 큰소리치더니, 결과가 영 실망스럽군요."

푸른빛이 감도는 정갈한 도포를 입은 젊은 사내가 그리 말했다. 허리 한쪽에 가늘고 긴 검을 차고 있었지만 손에 백우선을 들고 머리에는 관을 쓴 것이, 영락없는 학사의 모습이었다.

예를 차렸으나 추궁이라는 뼈가 돋아난 학사의 말에 수장대도 모일탁은 얼굴을 구겼다.

"이미 추룡단이 놈의 뒤를 쫓기 시작했소."

백룡채에는 모두 여덟 개의 단이 존재했다. 그중 추룡단은 이름 그대로 추적에 특화된 조직이었다.

학사 또한 그 이름을 들어 보지 못한 것은 아니었지만 영 못 미덥다는 듯 혀를 차며 말했다.

"물에서 안 된 것이 뭍에서 되겠소? 놈을 추적해서 위치만 알려 주시오. 뒷일은 우리가 처리하리다."

건방지기 짝이 없는 말에 모일탁은 순간 주먹을 움켜쥐었지만, 그 손을 애병인 대도로 이끌지는 않았다. 눈앞의 학사와 그 곁에 선 다섯 무인의 기도는 범상치가 않았다. 의뢰를 청구하며 내놓은 돈도 그렇고, 보통 인물들이 아님이 분명했다.

"……오래 걸리지 않을 거요."

화를 억누르며 모일탁이 말하자 학사는 엷은 미소를 머금더니 고개를 돌렸다. 선실 밖, 백룡강 너머에 시선을 두며 말했다.

"그래야 할 겁니다."

황실 직하 광룡의 무사, 조화검수 이일평은 무리를 이끌고 선실을 나섰다.

◉

추룡단주 조숙은 추룡단 열을 이끌고 강기슭으로부터 거슬러 올라 산길에 접어들었다. 미리 출발시켰던 추룡단원이 보고를 위해 다가오자마자 물었다.

"흔적은 찾았나?"

"예, 하지만 너무 빠릅니다."

다소 경직된 추룡단원의 목소리에 조숙이 눈을 가늘게 떴다.

"너무 빨라?"

"통상적인 무인의 이동 속도를 훨씬 뛰어넘고 있습니다. 그나마도 추월곡에서 흔적이 끊어졌습니다."

조숙은 미간을 찌푸렸다. 추월곡은 깎아지른 듯한 절벽이 몇 개나 연이어진 지형이었다. 폭이 제일 좁은 곳도 칠 장이 넘어 도주도 용의치 않지만 추적도 그만큼이나 어려운 땅이었다.

조숙이 물었다.

"협곡 아래로 내려간 건가?"

추룡단원은 얼른 대답하지 못했다. 잠시나마 망설이던 끝에 답했다.

"그것이…… 아무래도 뛰어넘은 것 같습니다."

조숙은 순간 말문이 막혔다. 눈을 몇 차례나 깜박인 끝에 되물었다.

"추월곡을 뛰어넘었단 말이냐?"

"예. 벼랑 끝에서 강하게 땅을 박찬 자국이 남아 있었습니다."

"너비는?"

"팔 장이 넘습니다."

조숙은 저도 모르게 입을 벌렸다. 난색을 표하며 중
얼거렸다.

"그야말로 엄청난 경공의 고수겠군."

전설상에나 나오는 허공답보의 경지에 이른 고수가
아니라면, 자그마치 팔 장여를 단 한 번의 도약으로 뛰
어넘었다는 소리였다. 사실이라면 경공이란 분야에서만
은 드넓은 무림에서도 다섯 손가락 안에 들 괴물이리
라.

"이제 곧 천검문의 영역입니다."

추룡단원이 낮게 말했다. 조숙은 그 말에 담긴 의미
를 알았다. 천천히 고개를 끄덕였다.

"일반적인 추적술로 따라잡기는 글렀군. 전서를 날
려라. 하오문과 개원을 이용해 놈들의 정보를 수집한
다."

"명을 받들겠습니다."

예를 표한 추룡단원이 급히 몸을 돌려 달려 나갔다.
그 뒷모습을 잠시 바라보던 조숙은 시선을 산자락으로
돌렸다. 저 너머에 있을 추월곡을 머리에 그려 보았
다.

"추월곡을 뛰어넘는다……."

아무리 상상해도 그 광경이 머릿속에 그려지지 않았다. 그만큼이나 터무니없는 일이었기 때문이다.

'사람이 아니라 새라도 된단 말이냐.'

조숙은 고개를 내저었다.

제3막
하오문

우리가 암부라는 사실을 죽는 그날까지 잊지 마. 은퇴한다 해서 진정 우리가 황실로부터, 세상으로부터 자유로워질 수 있을까?

나는 그렇게 생각하지 않아. 설사 우리가 세상과 연을 끊는다 할지라도…… 세상이, 황실이 우리를 가만히 놔두지 않겠지.

—뇌호

"사람이 아니라 진짜 새네요, 새."

산 깊은 곳, 모닥불 앞에 앉은 청조가 그리 중얼거렸다. 반대편에 몸을 반쯤 눕히고 있던 신조가 턱을 치켜들었다.

"편하게 등에 타고 와서 힘이 남아도시나? 응?"

"그래서 지금 이렇게 열심히 요리하잖아요."

청조가 싹싹하게 답하며 손에 들고 있던 꼬치를 살짝 흔들었다. 신조가 오는 길에 잡은 토끼고기였다.

"그럼 좀 잘 구워 봐."

"재료도 딱히 없는데 굽는 게 다 똑같죠, 뭘."

"찌는 것도 손맛을 타는데 굽는 게 안 탈 리가 있나."

신조가 말했고, 청조는 입술을 삐쭉 내밀었다.

그러고 얼마나 시간이 지났을까, 노릇노릇 구워진 토끼고기에서 고소한 냄새가 나기 시작하자 청조가 꼬치 하나를 신조에게 내밀었다.

"자요."

자못 긴장한 청조의 얼굴을 보며 신조는 피식 웃었다. 일부러 천천히 한입 베어 물었다. 그러고 저도 모르게 눈을 크게 떴다.

"야, 너 숙수 맞구나."

"흥흥."

신조의 감탄에 청조가 기분 좋게 흥흥거렸다. 사실 신조도 놀리느라 그런 것이지, 청조가 제법 숙련된 숙수라는 사실은 고기를 먹기 전부터 알 수 있었다. 청조가 보통 여인이라면 난색을 표할 토끼 가죽 벗기부터 고기 손질까지 눈 한 번 깜박 안 하고 빠르게 처리했기 때문이었다.

더욱이 양념이라고는 소금밖에 없는 상황이었거늘, 꼬치구이 맛이 제법 훌륭했다.

신조는 청조를 보았다. 토끼고기를 오물오물 씹어 삼키는 작은 입술을 바라보다 반쯤은 충동적으로 물었다.

"넌 지금 상황에 불만 없냐? 휘말린 꼴이잖냐."

신조와 청조는 지금 사파칠주 가운데 하나인 백룡채에게 쫓기고 있었다. 신조에게는 한평생 겪은 일상이나 다름없는 일이었지만, 청조에게는 다를 터였다. 더욱이 청조는 신조가 말했듯이 얼결에 휘말린 격이었다.

하지만 청조는 그저 가볍게 어깨만 으쓱였다.

"하오문도 팔자가 다 거기서 거기죠 뭘. 애당초…… 전염병에 부모님 다 잃었을 때부터 그럴 팔자라 생각하기로 했어요."

체념과 침울함이 살짝 섞인 목소리였다. 눈살을 찌푸린 신조는 손을 뻗어 청조의 뺨을 꼬집었다.

"아직 젊은 애가 생각하는 꼬락서니하고는. 자포자기만큼 나쁜 건 없다. 산목숨이라면 무슨 일이 되었든 최후의 최후까지 발버둥 쳐야 하는 법이야."

첫째 형 창룡이 늘상 하던 말.

문득 십삼조의 다른 형제자매들이 보고 싶었다. 다들 잘 지내고 있을까.

"왜 또?"

문득 상념에 빠져들었던 신조는 청조가 자신을 빤히 바라보자 인상을 살짝 구겼다. 청조는 잠시 망설이더니 어깨를 살짝 움츠리며 입을 열었다.

"화내지 않기예요?"

"봐서."

허락 아닌 허락이 떨어지자 청조가 말했다.

"대철 님은 나이 차이가 엄청 나는 오라버니나…… 아니, 솔직히 말해서 아버지나 할아버지 같아요. 가끔 보면."

정곡을 찌르는 말이었다. 신조는 대답하는 대신 꼬치 하나를 더 들어 올렸다.

"밥이나 먹자."

"네."

식사가 얼추 끝나자 신조는 땅바닥 위에 나뭇가지로

지도를 그렸다. 현재 위치와 청월까지 직선 경로를 그으며 말했다.

"앞으로 한 사흘 정도면 얼추 청월에 도착할 수 있을 거다."

"남은 사흘도 노숙이고요?"

백룡강에서 살수들의 공격을 받은 이후 오 일 내내 노숙을 한 신조와 청조였다. 신조는 고개를 가로저었다.

"앞으로는 좀 힘들지, 이 근방에는 마을이 많으니 말이야."

"으음…… 노숙 안 하는 건 좋지만 살짝 걱정도 되네요."

"뭐가?"

청조는 신조가 그리지 않은 지도 밖 부분, 백룡강이 있을 자리를 바라보며 말을 이었다.

"평지에서 말 달리는 것보다 더 빨리 산을 타넘었으니 쫓아오지는 못했을 것 같지만…… 모르겠어요. 감이 왠지 안 좋아요, 그냥."

"이거, 완전 선무당일세그려."

"그냥 감이에요, 감."

청조가 입술을 삐쭉이며 말했다.

신조는 다시 지도를 보았다. 사실 신조 또한 그다지 감이 좋지 않았다. 청조의 말마따나 워낙에 고속으로 기동했으니 뒤에서부터 쫓아와 따라잡았을 거라고는 생각하지 않았지만, 꼭 쫓아만 오라는 법이 없지 않은가.

아무리 천검문의 영역이라 할지라도 백룡채의 입김이 아주 닿지 않는 것은 아니었다. 마을에 모습을 드러내는 것은 위험한 일일지도 몰랐다.

'뭐, 그래 봐야 설마 사황오제삼신이라도 오겠어?'

신조 자신은 강했다. 그리고 환골탈태와 반로환동을 통해 더 강해졌다. 지금이라면 설사 일문의 문주와 대적한다 할지라도 지지 않을 자신이 있었다.

청조가 자리에서 벌떡 일어나 신조의 상념을 끊었다.

"잠이나 자죠, 내일 새벽부터 또 달릴 게 분명하니까."

"업고 뛰는 건 나다만?"

청조는 무어라 대꾸하는 대신 신조의 옆에 자리를 잡고 누웠다. 몸을 살짝 웅크리며 말했다.

"안녕히 주무세요."

다 큰 처녀가 사내 옆에서 무방비로 잘도 잔다는 생각이 들었지만 이미 하루 이틀 일이 아니었다. 신조 또한 자리에 누워 눈을 감았다. 바로 옆에서 전해지는 온기를 느끼며 말했다.

"잘 자라."

◐

"정황상 청월로 가고 있을 가능성이 팔 할이 넘습니다."

추룡단원의 보고에 추룡단주 조숙은 인상을 구겼다. 추룡단원이 '가능성'을 논했기 때문이다.

"놈은 도중에 인가 한 번 들르지 않은 건가?"

세상 천지에 문도가 깔려 있다는 하오문이 알아내지 못했다면 이유는 하나뿐이었다.

조숙은 눈을 감았다. 감추지 못한 피로가 섞인 목소리로 물었다.

"의뢰주들은 어떻게 하고 있지?"

"직접 청월로 오겠답니다."

조숙은 고개를 끄덕였다. 차라리 잘된 일이었다. 비사문의 영역에서 추룡단이 직접적으로 나서는 것은 어떻게 생각해도 득보다는 실이 많았다.

"그래, 청월에 '눈'들을 붙여 두어라. 이것마저 제대로 해내지 못하면 추룡단으로서 명목이 없다."

"명을 받들겠습니다."

추룡단원이 물러갔다. 홀로 남은 조숙은 관자놀이를 누르며 의뢰주들을 떠올려 보았다.

백우선을 든 학사 차림의 남자를 중심으로 한 무인들.

나름대로 정체를 감추고 있었지만 추룡단주인 조숙의 눈을 속일 수는 없었다. 아니, 그들은 애당초 신분을 감추는 데 능숙하지 못했다.

제대로 된 무인들. 평생토록 밝은 태양 아래서만 살아온 자들.

'황실이 어째서⋯⋯.'

그 신조라는 자가 누구이기에.

조숙은 더 이상 생각하지 않았다. 다른 누구도 아닌 황실의 일이었다.

'그저 명에 따를 뿐.'

조숙은 눈을 떴다. 청월이 있는 북쪽으로 시선을 던졌다.

◖

신조는 높은 산 위에 올라 아래를 내려다보았다. 저

멀리 제법 번화한 도시가 보였다.

"청월도 이제 가까운데, 저기에 아는 사람 좀 없냐?"

"아는 언니나 아저씨라면 몇 명 있죠."

청조가 옆에서 조곤조곤 답했다.

신조가 눈살을 찌푸렸다.

"그래? 그럼 역시 이번에도 그냥 지나칠까?"

신조는 백룡강을 벗어난 이후 지금까지 쭉 길이 아닌 곳만을 달려 이곳까지 왔다. 적에게 아무런 정보도 주지 않기 위해서였다. 하오문이니 개원이니 아무리 정보력이 우수하다고 해도 보지 않은 것까지 잡아낼 수는 없는 법이었다. 하지만 일단 마을에 들어가면 하오문과 개원의 눈에 띌 수밖에 없었다. 문제는 그것만이 아니었다.

"자신 없지?"

신조가 대뜸 물었고 청조는 바로 이해했다. 어깨를 축 늘어트리며 답했다.

"없죠."

청조를 아는 사람들, 즉 아는 언니와 아저씨들이 청조의 정보를 팔아넘길 가능성을 물은 것이었다. 청조는 당연히 자신할 수 없었다. 그들 모두가 다른 누구도 아닌, 하오문의 사람들이기 때문이었다.

신조는 이번에도 길이 아닌 곳으로 질러 갈 결심을 했다. 하지만 이제 슬슬 한계가 오기도 했다. 대도시인 청월에서 멀지 않은 곳이다 보니 인적 드문 곳을 찾을 수가 없었기 때문이다. 더욱이 청월은 평지에 위치했다. 지금처럼 산을 타는 것으로 사람들의 시선을 피할 수는 없었다.

"아무튼…… 그래도 결국 청월에선 마주칠 가능성이 있는데 말이야."

놈들은 신조 자신과 청조의 얼굴을 보았다. 신조 자신의 얼굴이야 아는 자가 없었지만, 청조의 얼굴은 달랐다. 놈들이 제대로 하오문을 이용했다면 청조가 청월 출신임을 간파했을 가능성도 있었다.

'그러지 못했을 가능성 또한 있지만.'

청조의 미모가 출중하긴 했지만, 그렇다고 저 먼 곳까지 소문이 난 것은 아니었으니 말이다.

청조는 고개를 갸웃 기울였다.

"비사문 코앞인데도요?"

백룡채가 아무리 사파칠주 가운데 하나라 할지라도 비사문 본문 앞에서 설칠 수는 없는 노릇이었다. 더욱이 서쪽 땅의 상권을 양분하고 있는 비사문과 백룡채가 아니었던가.

신조는 끌끌끌, 혀를 찼다.

"비사문 코앞에서 도박장 열고 소투 짓 하는 하오문도 있잖냐."

"에이, 우린 상생하는 거고요."

"상생은 얼어 죽을."

코웃음을 친 신조는 다시 도시 쪽을 바라보며 생각을 정리했다. 결국엔 고개를 끄덕였다.

"뭐, 그래도 일을 크게 벌이는 것은 무리겠지."

역시 아무리 생각해도 백룡채가 백룡강에서 그랬던 것처럼 날뛸 가능성은 낮았다. 물론 백룡채의 살수들이 흑의에 복면을 갖추고 일반 살수인 척 나설 수도 있었지만, 은밀히 활동할 수 있는 소수 인원에게 당할 신조가 아니었다. 놈들도 백룡강에서의 전투를 보았으니 어설프게 몇 명만 겨우 보내는 짓은 하지 않으리라.

'놈들의 집착이 어느 정도냐에 따라 달렸군.'

진짜 고수라 할 수 있을 각 단의 단주들과 백룡채주 휘하 삼각이 과연 움직일 것인가.

"생각해 보니 내가 일을 벌일 수도 있겠군."

신조는 문득 육성으로 그리 말했고, 청조는 눈을 동그랗게 떴다.

"네?"

일을 벌이다니요?

신조는 대답하는 대신 청조의 등을 가볍게 쳤다. 다시 진로를 잡으며 말했다.

"아무튼 가 보자고."

●

정파무림의 후기지수 가운데서도 특히 뛰어난 이들이 일곱 있었으니, 사람들은 이를 삼룡사봉(三龍四鳳)이라 하였다. 사파의 오성(五星)과 짝을 이루는 이들은 대부분이 정파구주 출신의 젊은이들이었다.

정파구주 가운데 하나인 비사문에도 삼룡사봉 가운데 하나가 있었다.

창천비룡(蒼天飛龍) 서문각.

삼룡사봉 가운데서도 특히나 경공이 뛰어나다 하여 비룡이라 불리는 그였다. 나이는 이제 스물다섯이었고, 비사문 출신답게 비검술과 권각법의 달인이었다.

서문각은 모든 무공 가운데서 경공을 가장 좋아했다. 언젠가 허공답보의 경지에 올라 새처럼 자유롭게 창공을 누비는 것이 그의 꿈이었다. 때문에 비검술과 권각법 수련을 쉬는 날은 간혹 있을지언정 경공 수련만은 하루도 쉬지 않는 서문각이었다.

언제나처럼 청월 근방의 유일한 험산인 태산에 올라 경공 수련에 매진하던 서문각은 순간 자신의 눈을 의심했다.

"경…… 공?"

저만치 먼 곳에서 비호같이 날쌔게 움직이는 자가 있었다. 얼핏 봤다면 큰 새라고 착각했을 정도로 엄청난 경공이었다.

'최소한 초상비의 경지!'

더욱이 홀몸이 아니었다. 등에 여인까지 하나 업고서 저리 무서운 경공을 펼치고 있는 것이었다.

서문각은 가슴이 두근거리는 것을 느꼈다. 저 정도 경공의 고수를 직접 보는 것은 처음이었다. 서문각은 주먹을 꽉 움켜쥐었다. 자신이 있는 곳을 멀찍이서 지나 계속 나아가려는 경공의 고수를 향해 신형을 날렸다.

'뭐야, 저놈은?'

한창 바람을 앞서 달리던 신조가 눈살을 찌푸렸다. 등 뒤에 누군가가 따라붙었기 때문이다.

쯧, 하고 혀를 찬 신조는 한층 더 속도를 높였다. 누가 쫓아오는지도 모르고 그저 눈만 꽉 감고 신조의 등에 매달려 있던 청조가 꺅! 소리를 질렀지만 신조는 온 신경을 등 뒤의 추적자에만 집중했다.

'어쭈? 이걸 따라와?'

반로환동 전에도 황실 내에서 경공만이라면 암룡제일, 아니 광룡 포함 황실제일이라 할 수 있던 신조다. 아무리 지금 청조를 업고 있다지만, 한창 젊어 보이는 어린 녀석이 신조 자신을 제법 잘 따라오고 있으니 놀라지 않을 수 없었다.

'대충 각은 나오는데.'

삼룡사봉 가운데 하나인 창천비룡 서문각. 이곳이 청월 근방이란 사실과 저 나이 때에 이 정도 경공을 펼칠 수 있는 자라는 조건을 결합하면 그 외에 다른 답이 나오기도 힘들었다.

"거기, 거기 서 보시오!"

서문각이 숨넘어가는 소리를 토했다. 신조는 무시하려 했지만 결국에는 돌아설 수밖에 없었다. 그렇잖아도 겨우겨우 따라잡고 있던 주제에 소리까지 지른 서문각이 균형을 잃고 나자빠지려 했기 때문이다. 평지였다면 그대로 내버려 두었겠지만, 여긴 나름 험한 산중이었다. 붙잡아 주지 않을 수 없었다.

하지만 이번에는 신조가 서문각을 너무 얕잡아 본 결과가 되었다. 막상 돌아서서 잡아 주려 접근하니, 서문각이 이미 알아서 잘 착지했기 때문이다.

신조가 역시 괜히 멈추었다며 인상을 구길 즈음, 서문각이 다시 숨넘어가는 소리를 토했다.

"헉…… 허억…… 귀, 귀인을 뵙…… 허억."

말을 하는 건지 숨이 넘어가는 건지 구분하기가 힘들 지경이었다. 그래도 괜히 삼룡사봉 가운데 하나가 아닌지, 이내 호흡을 회복한 서문각이 허리를 바로하며 말했다.

"경공이 참으로 뛰어나시오. 실례가 아니라면 연을 이을 수 있을지요?"

역시나 예상했던 말이다. 신조는 어색하게 웃으며 말했다.

"세상을 떠나 은거하는 노……."

저도 모르게 노인이라 말할 뻔한 신조는 말꼬리를 흐렸다. 이내 다시 웃으며 말을 맺었다.

"현인의 이름 없는 제자일 뿐입니다. 죄송하지만 갈 길이 바쁜지라 이만. 어서 가자, 향아."

신조는 청조에게 등을 내밀며 그리 말했다. 눈치가 좋은 청조이니 알아서 잘 받아쳐 주리라.

하지만 문제는 다른 곳에서 터졌다.

"향이?"

서문각이 고개를 갸웃하며 청조를 보았다. 많은 것을 담은 그 시선에 신조는 깨달았다. 청조에게 얼른 눈짓으로 물었다.

'아는 놈이냐?'

청조는 어설프게 웃었다. 서문각에게 꾸벅 허리를 숙이며 인사했다.

"안녕하세요, 공자님."

비사문의 이름 높은 후기지수인 창천비룡 서문각에게는 어린 시절부터의 친구가 있으니 도협(賭俠) 유성이었다. 남쪽 땅의 부호인 유가장의 둘째 자식인 유성은 소위 말하는 부잣집 망나니 자식이었다. 주색을 좋아하고 잡기에 능한 그가 세상에서 제일 잘하는 것은 바로 도박이었다.

하오문의 도박 최고수인 태산도성 적인걸조차 인정한 도박 실력을 가진 그를 사람들이 도협이라 부르는 이유는 참으로 엉뚱하면서도 그럴듯하였다.

도협은 도박 그 자체를 즐겼다. 어느 날은 돈을 왕창 따는가 싶다가도 어느 날은 또 왕창 잃었다. 그런데 신기하게도 그 따고 잃음이 딱 맞아떨어졌기에 그는 결코 손해를 보지 않았다. 처음에는 우연이거니 했지만, 한 달, 다시 일 년 이상 그런 일이 반복되자 이제는 모두 인정할 수밖에 없었다. 유성은 날고 긴다는 꾼들이 모인 청월의 도박장에서 따고 잃음을 자기 마음대로 조종할 수 있을 정도로 엄청난 실력을 가진 도박사였다.

그래서 사람들은 그를 도협이라 불렀다. 따고 잃음이 동을 이루니 실로 협의 넘치는 도박사란 뜻이었다.

서문각은 도협을 늘 청월의 도박장 본관에서 만났다. 그러다 보니 그 미모 때문에 평소 유성의 눈에 띄었던 청조와도 몇 번인가 면식이 있었다.

대강의 사정을 들은 신조는 청조에게 눈을 부라렸고, 청조는 불쌍한 표정을 지었다.

서문각이 환히 웃는 얼굴로 말했다.

"내 생전 그리 뛰어난 경공은 처음 보오. 비사문에 초대하고 싶소만, 함께해 주시겠소?"

호의로 가득한 눈빛이었다. 과연 명문정파에서 부족함 없이 자란 젊은이다웠다. 하지만 신조는 선뜻 서문각의 요청에 응할 수 없었다.

'너무 눈에 띄어.'

다른 누구도 아닌 창천비룡 서문각과 함께 청월에 들어간다면 그 순간 신조 자신의 위치가 하오문이고 개원이고를 떠나 서쪽 땅에 있는 정보 조직이란 정보 조직 모두에게 알려질 것이 불을 보듯 뻔하였다. 더욱이 서문각이 주변에 경공의 고수이니 뭐니 떠들 것까지 생각하면, 의도치 않게 젊은 신진 고수라며 얼굴이 팔릴 가능성도 높았다. 하오문과 조용히 접선할 생각이었던 신조에게는 둘 모두 참으로 마음에 들지 않았다.

하지만 이점이 아주 없는 것도 아니었다.

'안전 하나는 확보가 되지.'

서쪽 땅에서 감히 누가 비사문에게 시비를 건단 말인가. 신조 자신을 노리는 무리들이 누구인지는 모르겠으나, 적어도 서문각과 함께하는 순간만은 주변에 얼씬도 하지 못하리라.

'그런데 딱히 저놈 없어도 위험할 것 같지는 않단 말이지.'

하지만 만에 하나라는 것이 있는 법이었으니까. 이러니저러니 해도 그럭저럭 정이 든 청조의 안전도 어느 정도는 신경을 써야만 했다.

결국 신조는 입에 쓴 약을 먹기로 하였다. 얼굴만은 웃으며 서문각에게 답했다.

"알겠습니다. 함께 갑시다."

"그런데 청조와는 어찌 아는 사이시오?"

세 사람은 경공으로 산을 달리는 대신 제대로 된 길을 따라 걸었다. 둘 모두와 면식이 있는 청조가 가운데 서고, 양옆으로 신조와 서문각이 각기 선 모양이었다.

서문각의 물음에 신조가 웃음 띤 얼굴로 답했다.

"하오문에 청탁한 일이 있어서 연락을 주고 받다 보니 이 아이가 나오더군요."

예전 같았으면 얼굴의 화상 자국과 성대의 상처로 인한 갈라진 목소리 때문에 웃으며 말을 건네도 상대가 기겁하기 일쑤였지만, 이제는 달랐다. 서문각 역시 마주 웃으며 고개를 끄덕였다.

"아, 그랬군요. 청조는 그 미모만큼이나 야무지고 똑똑한 아이지요."

"공자님도 참."

청조가 얼굴을 살짝 붉히며 부끄럽다는 듯이 시선을 돌렸다. 참으로 아리따운 모습이었지만, 신조는 못 볼 것 봤다는 속으로 혀를 차더니 청조에게 전음을 쏘아보냈다.

[지랄을 한다, 지랄을.]

갑자기 전해진 전음에 청조가 깜짝 놀라 눈을 크게 떴지만, 이내 신조의 짓인 걸 눈치채고는 당황하는 대신 입술을 삐쭉 내밀었다. 신조가 그런 청조에게 계속 전음을 보냈다.

[야, 너 엉뚱한 꿈꾸지 마라. 서문각이는 이미 정혼녀가 있어. 정황상 첩 질은 가당치도 않고 말이다.]

일백 년 전 등장한 고금제일마 혈랑마존의 대혈겁 이후 황실은 무림에 대한 경계심을 높였다. 때문에 암룡은 자연스럽게 무림에 대한 첩보와 공작 활동에 매진하게 되었다.

며칠 전까지만 해도 암룡의 특급 요원이었던 신조는 무림 명사들의 신상명세 일체를 꿰고 있다고 해도 과언이 아니었다.

창천비룡 서문각은 북쪽 땅의 명가인 유운세가의 금지옥엽 유운비와 혼인을 약속한 지 오래였다. 때문에 서문각은 내년 초, 유운비가 성인이 되는 날이면 어엿한 유부남이 될 몸이었다. 더욱이 상대가 유운세가이니만큼 한동안 첩 질도 못할 것이 분명할 터. 괜히 어설프게 달라붙어 봐야 몸이랑 마음만 내주고 본전도 못 거둘 공산이 컸다.

[유성이란 놈도 조심하고. 괜히 몸 함부로 굴리다 신세 망치지 마라.]

도협 유성에 대해서는 신조도 아는 것이 별로 없었지만, 그 몇 안 되는 정보만으로도 충분했다. 집안 돈써 가며 사는 화화공자답게 이 여자 저 여자 가리지 않고 건드는 꼴이, 참으로 발정 난 고양이나 다름없었다.

신조는 전음으로 쏘아붙였고, 청조는 연신 입술을 삐쭉였다. 그러자 두 사람 사이의 미묘한 기류를 읽은 서문각이 청조를 불렀다.

"청조야?"

"아, 아니요. 죄송해요, 갑자기 딴생각이 들어서……."

마지막에는 헤헤 웃으며 눈웃음을 쳤다. 어째 평소에 자주 보던 그 웃음이었는데, 왠지 모르게 기분이 나빠진 신조는 저도 모르게 눈살을 찌푸렸다.

서문각은 사람 좋은 도련님답게 허허 웃었다.

"그럴 수도 있지, 뭘 그러느냐."

청조는 다시 서문각에게 예쁘게 웃어 준 뒤 신조 쪽을 살짝 흘겨보았다. 당연히 전음을 못하고 눈빛만 보냈는데, 단박에 그 의미를 알아차린 신조는 기가 찰 노릇이었다.

[미쳤냐? 질투는 개뿔이.]

신조의 전음에 청조가 다시 깜짝 놀란 토끼눈이 되었다. 생각을 고스란히 읽혔기 때문이다. 신조가 다시 심드렁함이 가득한 전음을 보냈다.

[네 눈치가 구 단이면 난 구십구 단이다. 아무튼 티 내지 말고 조용히 가자.]

청조는 신조에게만 보이도록 알았다는 뜻의 눈빛을 다시 보낸 뒤 요조숙녀마냥 다소곳이 걸었다. 둘 사이에 무슨 대화가 오갔는지 모르는 서문각은 신조에게 이래저래 말을 붙였고, 신조는 적당히 대꾸하며 시선을 멀리하였다. 청월이 보이기 시작했다.

'조'가 천하를 통일하기 이전에 세상에는 참으로 많은 나라들이 있었다. 그중에서도 특히 강한 나라 일곱이 있어 천하의 패권을 다투었는데, 청월은 그 가운데 하나인 월나라가 수도로 삼은 땅이었다.

조와 제의 시대 모두를 아울러 오백 년 이상 영화를 누린 도시답게 청월은 그 규모부터가 웅장했다. 우뚝 솟은 성벽을 지나 성내로 들어가니 사방이 사람 천지였다. 잘 닦인 큰길과 끝없이 이어진 것만 같은 건물들 사이로 수많은 사람들이 저마다의 길을 걸었다. 청월이

라면 이미 몇 번이나 방문해 본 신조였지만, 중앙의 제
도 못지않은 청월의 모습에는 매번 감탄할 수밖에 없었
다.

"도련님, 오셨습니까?"

성문을 통과하고 열 보도 안 내딛었거늘, 어디선가
비사문의 상징인 비검이 그려진 옷을 입은 사내 몇이
서문각에게 다가왔다. 차림새를 보아하니 무인이라기보
다는 서문가에서 부리는 하인들인 모양이었다.

서문각이 웃는 얼굴로 그들에게 말했다.

"내 아주 귀한 손님을 모셔 왔으니 미리 준비해 두라
전하라."

"알겠습니다."

꾸벅 허리 숙여 예를 표한 하인들이 급히 비사문 본
문이 있는 청월 중심지로 향했다. 달려가는 그들의 뒷
모습을 잠시 바라보던 서문각이 신조에게 말했다.

"청월은 감미주가 특히 또 유명하지요, 제가 대접해
드렸으면 합니다."

"저도 소문을 들었지요. 창천비룡 서문 대협 덕분에
혀가 호강하게 생겼습니다."

"허허, 호강은 뭘요. 제가 안내하겠습니다."

사람 좋다고 소문난 서문각답게 대문파의 후계자임에

도 행동거지에 거만함이 조금도 없었다.

'아니, 내 경공을 보고 난 이후라 그런가?'

청조를 업고 달리느라 전력을 다하지는 않았지만, 그
것만으로도 서쪽 땅에서는 다섯 손가락 안에 들어갈 경
공이었다. 적어도 경공만큼은 정파무림의 희망이라는
삼룡사봉보다도 한 수 위라는 뜻이었으니, 그렇잖아도
경공을 좋아하는 서문각의 태도가 조심스러워지는 것도
당연했다.

신조는 서문각과 담소를 나누며 주변 곳곳으로 시선
을 던졌다. 수많은 인파 사이에서 감시하는 시선이 느
껴졌다. 그 수가 최소한 일곱.

'하오문과 백룡채의 추룡단, 거기에 개원까지 낀 건
가.'

결국엔 수적 집단에 불과하기는 했지만, 그렇다 할지라
도 사파칠주 가운데 하나인 백룡채였다. 그 이름의 무
게는 결코 가볍지 않았다.

'돈에 팔려 다닌다 해도 작은 의뢰를 받아들이지는
않았을 터. 날 노리는 게 누구인지는 모르겠지만, 적어
도 범상한 놈들은 아니겠군.'

신조는 시선을 거두었다. 태연한 얼굴로 비사문으로
향하였다.

"창천비룡과 말이냐?"

추룡단주 조숙이 인상을 찌푸렸다. 비사문의 영역 내에서 활동해야 한다는 사실만으로도 거북함을 느끼고 있거늘, 비사문의 창천비룡과 아예 동행을 하고 있다니 상황을 좋게 볼 수가 없었다. 추룡단원이 고개를 조아렸다.

"예. 함께 입성했으며, 창천비룡이 목표를 대하는 태도가 특히 살가웠다 합니다."

"비사문에 거처를 잡은 건가?"

"귀빈들이 머무는 내원까지 들어간 것 같습니다."

첩첩산중이었다. 잠시 속으로 수를 헤아린 조숙이 다시 물었다.

"의뢰주들은?"

"이틀 후에 도착할 예정입니다."

애당초 청월까지 직접 나선 행보로 보아서는 목표가 비사문 내에 있든 밖에 있든 결국 일을 벌일 것이 분명했다. 다름 아닌 황실 소속 무사들의 행보가 아닌가.

"도착 후에는 발을 빼야겠군. 비사문 주변을 계속 감시해라."

"명을 받들겠습니다."

추룡단원이 물러갔다. 조숙은 더 이상 추론을 이어가지 않았다. 황실의 일이었다. 괜한 참견은 화를 부를 뿐이었다.

그저 부여받은 임무만을 충실히 행한다. 조숙은 목표에 대한 생각을 머릿속에서 지워 버렸다.

명문의 후예는 무공 수련 외에도 해야 할 일이 많았다. 특히나 상업으로 유명한 비사문은 말이다. 서문각은 신조를 비사문에 안내한 이후 바로 다음 업무를 위해 자리를 비울 수밖에 없었다. 해 진 이후에 함께 술잔을 나누었으면 좋겠다고 약조 아닌 약조를 나누기는 했지만, 말하는 모양새를 보아하니 내일이나 다시 볼 수 있을 것 같았다. 때문에 신조는 방에 머무는 대신 바로 활동을 개시했다.

"백 총관이라면 분명…… 이 년 전에 은퇴했지요."

"그렇…… 습니까?"

비사문의 온갖 거래가 이루어진다는 외원 중심부, 비사문에서 오랜 세월 근무한 노상인의 대답에 신조는 눈썹을 꺾었다. 이 년 전까지 비사문의 대소사에 두루 참여했다는 백총관의 이름은 '백연', 셋째 형 아랑이 즐겨 사용하던 가명이었다.

비사문에서 한자리 차지해 잘살고 있다는 서신을 받은 것이 삼 년 전이었거늘, 신조는 저도 모르게 한숨을 내쉬었다. 한 가닥 기대를 가지고 다시 물었다.

"혹시, 어디로 떠났는지는 알 수 없을까요?"

"물 좋고 산 좋은 서쪽 땅 깊은 곳에 터 잡고 살겠다며 떠난지라…… 저희도 명확한 위치까지는 알지 못합니다."

미안함이 묻어나는 노상인의 대답에 신조는 고개를 끄덕일 수밖에 없었다. 머문 자리에 흔적을 남길 셋째 형이 아니었기 때문이다.

"알겠습니다. 이야기 감사합니다."

신조가 예를 표하자 이번에는 노상인이 눈을 가늘게 뜨며 되물었다.

"백 총관과는 어떤 사이신지……."

"제 스승님과 각별한 사이셨다고 들었습니다."

"그렇군요. 그럼 전 이만 물러가겠습니다."

"예, 살펴 가시지요."

물 흐르듯이 자연스럽게 이어진 대화였다. 노상인이 저만치 멀어지자 청조가 신조에게 얼른 물었다.

"진짜예요?"

그 스승 이야기?

"내가 그걸 하오문 애한테 왜 가르쳐 줘야 하나?"

대답 대신 청조의 뺨을 살짝 꼬집은 신조가 다시 물었다.

"그보다 말이야, 너도 여기 살잖아. 넌 백 총관에 대해 아는 거 없어?"

이 년 전까지 비사문에 머물렀다면 청조도 주워들은 것이 있을 가능성이 높았다. 청조는 시선을 살짝 높이 하고 기억을 더듬었다.

"음, 상재가 뛰어난 사람이라고 들었어요. 도박장에도 몇 번인가 오긴 왔는데……."

"얼굴 봤어?"

"뭐, 저야 숙수니 술자리 함께한 건 아니지만, 지나가며 몇 번 보긴 했어요."

"어떻든?"

"잘생겼던데요? 젊었을 때 여자깨나 울리고 다녔을 것 같아요."

신조의 얼굴에 엷게나마 미소가 그려졌다. 신조는 그런 자신의 표정을 아는지 모르는지 재차 물었다.

"요새도 매끈하냐? 벌써 나이가 몇인데."

"음, 그러니까 그런 거 있잖아요. 좀 뭐한 말이지만 곱게 늙었다?"

신조가 고개를 끄덕였다. 그 험한 임무 중에도 얼굴만은 단 한 번도 다치지 않은 아랑이었다. 청조가 계속 말했다.

"성격도 호방하고 활달해서 주변에 사람이 늘 많았어요. 제가 아는 건 이 정도?"

"부인이나 자식은 없고?"

"둘 다 없지만 기방에는 자주 다녔다고 기방 언니들한테 들었어요."

과연 셋째 형다운 이야기였다. 신조는 새삼 감상에 빠졌다. 그리고 그랬기에 일순이지만 청조의 시선을 제대로 읽어 내지 못했다.

신조는 고개를 휘휘 내젓는 것으로 상념을 끊어 냈다. 셋째 형이 모습을 감춘 연유가 다소 걱정되기는 했지만, 지금 급한 일은 따로 있었다.

"그래, 그럼 이제 그만 가 볼까나?"

신조가 가볍게 몸을 풀며 그리 말하자 청조가 불안한

목소리로 되물었다.

"어…… 디요?"

신조가 씩 웃었다. 청조의 볼을 꼬집었다.

"너희 집."

☯

자고로 도박장이라 함은 음지로 파고드는 법이었고, 청월 또한 크게 다르지 않았다. 하지만 예외가 하나 있었으니 하오문에서 흔히 '본관'이라 부르는 청월루였다.

태산도성의 오른팔인 황금충이 비사문으로부터 출자를 받아 건립한 이 거대한 기루에선 보통 사람은 상상도 못할 어마어마한 거금이 매일 밤 주인을 찾아 떠돌았다.

청월루, 청월 유흥가의 정점.

신조는 고랫등 같은 청월루 후문에 청조와 나란히 섰다. 목을 좌우로 까딱인 뒤 청조에게 턱짓했다.

"가자."

십삼조의 일곱 명은 저마다의 기질과 재능이 달랐다. 때문에 그들은 황실 최강의 존재인 '그'에게서 각기 다

른 것들을 배웠다. 자신들만의 무기를 더욱 더 갈고닦
았다.

추살(追殺).

그것이 신조가 배운 것이었다. 이날 이때까지 부여받
은 역할이었다. 때문에 신조는 '한 걸음'을 내딛어야
할 때 주저하지 않았다. 청조와 눈이 마주한 순간 옆으
로 비껴선 문지기들을 지나 안으로 들어섰다. 밤을 몰
아내는 유흥가의 홍등이 신조의 눈을 어지럽혔지만, 그
뿐이었다. 신조는 멈추지 않았다. 후문과 짧은 정원 길
뒤에 바로 이어진 청월루에 들어설 때도 그 행동에 거
침이 없었다.

유흥가의 파락호들이 그런 신조를 맞이했다. 무공을
익힌 자도 있었고, 아닌 자도 있었다. 하지만 신조는
그들 모두를 신경 쓰지 않았다. 그저 똑바로 걸어 청월
루 내부로 이어지는 통로에 걸터앉아 있는 파락호들의
우두머리에게 다가갔다.

"황금충이, 어디 있나?"

물음에 파락호가 몸을 일으켜 세웠다. 키가 큰 편인
신조보다도 머리가 한 개는 더 큰 거인이었다. 청조가
신조의 등 뒤에서 파락호에게 간절함에 가까운 눈빛을
보냈다.

고수야. 괴물이야. 싸우지 마요. 그냥 일단 시키는 대로 해요.

하오문은 신조, 정확히 말해 청조와 함께하는 청년의 무력에 대해 정확히 알지 못했다. 하지만 신조와 청조 의 행보를 따랐기에 백룡강에서 있던 백룡채와의 충돌 을 알고 있었다.

파락호는 섣불리 움직이지 않았다. 마른침을 꿀꺽 삼 킨 끝에 입술을 살짝 벌렸다.

"황금충이라면 지금 이곳에 없소. 사업차 멀리 나갔 거든."

대답은 파락호의 등 뒤에서 들려왔다. 신조는 눈동자 를 굴려 통로 끝을 보았다. 연분홍 빛 옷 위에 붉은 천 을 두른 화화공자 하나가 그 매끈한 얼굴 위에 미소를 그리고 있었다.

처음 보는 사내였지만 신조는 이름 자 하나를 떠올릴 수 있었다.

"도협 유성?"

"눈썰미가 좋으시군."

손에 쥐고 있던 푸른 접이식 부채를 착, 소리 나게 접은 유성은 그대로 걸어 신조에게 다가섰다. 좁은 통 로를 막듯 파락호 옆에 나란히 서서는 다시 한 번 부채를 펼쳤다.

"어떻소? 이왕 청월루에 오신 거, 대작 한 번 하시는 것이."

"너, 나 아냐?"

"이제부터 알아볼까 하오."

여자들이 봤다면 탄성이 나올 정도로 잘생긴 얼굴이었지만 같은 사내, 그것도 노인인 신조가 보기에는 느끼하기 짝이 없는 면상이었다. 신조는 유성을 상대하는 대신 고개를 돌려 어깨를 살짝 움츠린 청조를 보았다.

"넌 내 성격 알지?"

청조가 얼른 고개를 끄덕였다. 신조가 턱짓으로 청월루로 이어지는 통로를 가리켰다.

"앞장서."

청조는 순간 주춤했다. 그 커다란 눈망울을 굴려 유성을 보았고, 다시 신조를 보았다. 그리고 숨을 삼키고 말았다. 신조의 눈이 너무 무서웠다. 처음 납치당했을 때 보았던 그 눈이었다.

청조가 떨리는 발걸음을 내딛었다. 신조는 그대로 걸었고, 유성과 파락호는 부딪치지 않기 위해 옆으로 비켜설 수밖에 없었다.

하지만 신조와 청조는 멀리 가진 못했다.

빠악!

순간 울린 파공음에 청조가 깜짝 놀라 몸을 떨었다. 신조는 등 뒤에서 날아온 골패를 그대로 움켜쥐어 부숴 버렸다.

파락호들의 얼굴이 굳었다. 오로지 골패를 던진 유성만이 얼굴에서 미소를 잃지 않았다.

"허허!"

비록 던진 것은 도박에 쓰는 골패였지만, 그 속도는 여간한 암기 이상이었다. 유성이 다시 부채를 펼쳤다. 신조는 그런 유성을 노려보았지만 몸을 움직이지는 않았다.

"한 번은 봐준다."

신조가 돌아섰다. 바짝 얼어 있던 청조는 조금이라도 빨리 이 자리를 벗어나고 싶었다. 하지만 유성이 그런 청조를 도와주지 않았다.

"너무 그러지 마오, 내 좋은 곳으로 모실 터이니. 영주에서 예까지 왔으니 궁금한 것이 많지 않겠소?"

도협 유성의 존재가 지나가던 한량에서 족쳐 볼 가치가 있는 관련자로 격상되었다.

신조가 돌아섰다.

"독대하자고?"

"꽃은 청조로 충분할 것 같소."

청조는 순간 울상을 지었지만, 신조도, 유성도 청조를 보지 않았다.

신조가 고개를 끄덕였다.

"좋아, 한판 어울려 주지."

"잘 생각하셨소, 내가 앞장서리다."

껄껄 소리 내어 웃은 유성이 신조의 어깨를 지나 앞장섰다. 신조와 청조가 약간의 거리를 두고 그 뒤를 따랐다.

유성이 신조를 안내한 곳은 청월루 최상층에 위치한 귀빈실이었다. 방은 그다지 넓지 않았다. 애당초 밀담을 나누기 위한 장소라도 되듯 남녀 한 쌍이 겨우 어울릴 정도의 크기에 불과했다.

신조와 유성이 마주 앉았고, 청조가 망설이던 끝에 신조의 옆에 자리를 잡았다. 속이 훤히 비치는 하늘하늘한 연분홍빛 옷을 입은 기녀가 가벼운 술상을 놓고 나가자 유성이 술잔을 채우며 물었다.

"신조 어른은 잘 지내시오?"

유성이 자신의 잔에 이어 신조의 잔을 채웠다. 신조

는 입술 끝을 살짝 비틀어 웃었다.

"그걸 왜 네가 묻지?"

"허허, 이곳은 도박장 아니오. 그쪽도 내게 궁금한
것이 있을 터이니 우리 답변을 얻을 권리를 놓고 놀이
를 즐겨 보는 것이 어떻겠소?"

"대답을 들을 권리를 놓고 도박을 하자?"

"바로 그렇소."

유성이 품에서 푸른 옥을 깎아 만든 주사위 세 개를
꺼냈다. 가만히 그 하는 모양새를 지켜보던 신조가 눈
살을 찌푸렸다.

"너, 본래 매사를 이렇게 안일하게 진행하나?"

신조가 순간 기운을 방출했다. 살기가 아닌 순수한
기가 좁은 방 안을 가득 메웠다.

청조는 뱀 앞의 개구리마냥 몸이 굳었다. 그만큼이나
압도적인 기운이었다. 하지만 유성은 그 와중에도 유유
히 주사위를 매만지며 답했다.

"내가 기다린 것은 당신이 아닌 신조 어른이었소만."

신조는 확신했다. 하오문은 애당초 신조를 불러낼 목
적으로 청조를 파견했다. 어째서 그 뜻을 제대로 전하
지 않고 이리 돌아가는 길을 택했는지는 아직도 알 수
없었지만, 일부러 이 자리까지 불러냈다는 사실이 중요

했다.

누구인가. 누가 대체 암룡의 특급요원 신조의 정체를 알아낸 것인가. 대면을 원한 것인가.

'그리고 역시 이놈들은 모르는군.'

신조 자신을 신조와 연관된 누군가로 여기고 있었다. 무리도 아니었다. 반로환동이란 것은 그만큼이나 현실과는 동떨어진 개념이었으니까.

신조는 어떻게 대응해야 할지 고민했다. 얼토당토 앉은 주사위 놀음에 어울려 줄 것인가, 힘으로 유성을 제압할 것인가, 그도 아니면 아예 신조 자신의 정체를 밝힐 것인가.

신조에게 주어진 시간은 짧았다. 유성이 신조를 채근했기 때문이 아니었다.

순간, 느껴진 살기. 너무나도 익숙한 죽음의 냄새!

신조가 벼락같이 일어섰다. 유성이 아닌 청조를 보며 소리쳤다.

"숨 쉬지 마!"

귀기 어린 외침은 곧 절대적인 명령이 되었다. 청조는 저도 모르게 입을 틀어막고 숨을 멈추었다. 그리고 때를 맞추듯 은은한 보랏빛 연기가 바닥을 타고 기어올랐다.

신조는 더는 지체하지 않았다. 한 손으로 청조의 허리를 감쌈과 동시에 몸을 날렸다.

독무(毒霧).

사기가 묻어나는 보랏빛 연기가 청월루를 가득 메웠다. 문을 박찬 직후 경공을 펼쳐 지붕 위로 뛰어오른 신조는 얼굴을 굳혔다.

지붕 아래, 청월루 전체가 독무로 가득하였다. 색이 있으나 무취인데다가 허공으로 치솟는 독무였기에 모르긴 해도 청월루 내부에 있던 사람들은 대부분이 몸을 피하지 못했을 터다.

'하오문은 아니야.'

하오문은 아니었다. 유성을 따라 걸으며 기감을 퍼트려 보았기에 알 수 있었다. 청월루 내에는 손님들과 기녀들이 가득하였다. 더욱이 위로 치솟는 독무를 풀어 놓고 독이 가장 늦게 퍼지고, 탈출할 길이 제일 가까운 최상으로 신조를 데려올 이유가 없지 않은가.

신조는 눈동자를 굴렸다. 색이 있으나 무취이다 보니 어떤 독인지 짐작할 수가 없었다. 기감을 퍼트려 보니 이미 청월루 내에선 많은 사람들이 목숨을 잃은 듯 사기가 넘쳐 났다.

'어느 놈이…… 그리고 왜……?'

순간, 신조는 급히 시선을 내렸다. 팔에 끼고 있는 청조 때문이었다.

"숨 쉬어!"

코와 입을 막고 숨을 참고 있던 청조가 그제야 숨을 내쉬었다. 얼굴이 새빨갛게 변한 것이, 금방이라도 숨이 넘어갈 것 같았다.

"허억…… 헉……."

마음 같아서는 청조의 등이라도 두드려 주고 싶었지만 그럴 시간이 없었다. 신조는 청조를 짐짝처럼 어깨에 얹은 뒤에 지붕을 박찼다. 주변에 청월루만큼 높은 건물이 없어 보통 무인은 꿈에도 못 꿀 거리를 뛰어넘어야 했지만, 창천비룡에게 인간이 아닌 새로 여겨졌을 정도로 경공에 능한 신조였다. 단 한 번의 도약으로 머물고 있던 지붕을 떠난 신조는 재차 뛰어오르고자 했다. 일단은 청월루를 빠져나가는 것이 급선무라 여겼기 때문이다. 하지만 신조는 도약하는 대신 몸을 회전시킬 수밖에 없었다.

캉캉캉!

날카로운 쇳소리와 함께 암기 여섯 개가 바닥에 추락했다. 급히 검을 뽑아 들어 암기를 쳐 낸 신조가 시선을 날렸다. 독무로 가득한 청월루 이층 창가에 붉은옷을 차려입은 하얀 얼굴의 청년이 웃는 얼굴로 서 있었다.

신조는 그가 누군지 알았다.

"청안독노?!"

당황 속에 그 이름을 토할 수밖에 없었다.

청안독노. 약물과 주안술의 결과, 약관으로밖에 보이지 않을 얼굴을 하고 있었지만, 기실 예순이 넘어 일흔을 바라보는 마두!

청안독노가 입꼬리를 길게 찢으며 하얗게 웃었다. 파안굉소를 터트리며 신조를 향해 신형을 날렸다.

"역시! 신조 놈의 제자답구나!"

신조는 동시에 여러 가지 생각을 하였다.

청안독노가 왜 여기에 있는가. 분명 십삼조가 붙잡아 암룡 척살조에게 넘긴 마두이거늘!

그리고 청안독노는 지금 신조의 제자답다는 말을 하였다. 청안독노가 이곳에 있는 것은 우연이 아니었다. 백룡채에게 신조 자신을 공격하게 만든 '누군가'가 보낸 자일 가능성이 높았다.

신조는 생각을 멈추었다. 청안독노의 소매에서 독이 묻은 조가 쏟아져 나와 신조의 목을 노렸다. 신조는 새삼 어깨 위의 청조의 무게를 느꼈다. 이를 악물며 검을 휘둘렀다.

어둠 속에 숨어 청월루를 주시하고 있던 추룡단주 조숙은 당황을 감추지 못했다. 의뢰주들보다 한발 먼저 도착한 적의의 청년을 보았을 때만 해도 일이 이렇게 흘러갈 줄은 짐작도 하지 못했다.

청월루에 독무를 풀다니. 청월의 힘깨나 쓴다는 자들이나 그 자제들이 잔뜩 모인 청월루였다. 더욱이 비사문이 뒤를 받쳐 주고 있는 청월루가 아닌가. 하오문 따위야 대수롭지 않았지만, 비사문은 아니었다. 이번 일이 불러올 파급효과를 상상하는 것만으로도 끔직한 기분이었다.

더욱이 청안독노라니. 이미 한 세대 전의 마두가 아닌가. 그런 그가 황실의 검이 되어 날뛰고 있다니, 어찌 아니 놀랄 수 있겠는가.

'설마하니 황실에서 마두들을 가둬 두고 있었단 말인가?'

청안독노는 비록 한 세대 전의 마두이기는 하였으나 지금도 정파구주나 사파칠주의 장로를 위협할 수 있는 절정의 고수였다. 특히 독무와 독공에 능해 홀로 수십 명을 대적할 수 있는 자였으니, 실로 막강한 전력이라

할 수 있었다.

'어찌 되었든 이번 일은 이걸로 마무리되겠군.'

경공 하나만 놓고 보자면 청안독노보다도 뛰어난 추적 대상일 터였지만, 지금같이 박투가 시작된 상황에서는 그 빠른 발도 소용이 없었다. 청안독노의 독공 앞에 무릎 꿇을 일만 남았다 해도 과언이 아니었다.

'이번 일이 끝나면 바로 발을 뺀다. 채주님께 말씀드려 한동안은 몸을 움츠려야 해.'

청월루를 공격당한 비사문이 미쳐 날뛸 것이 분명했다. 만에 하나라도 백룡채가 연결되어 있다는 것을 알게 된다면 비사문과 백룡채 사이의 전쟁이 일어날 수도 있었다.

조숙은 마음을 가다듬고 다시 청안독노를 보았다. 그리고 처음보다 더 크게 당황했다.

있을 수 없는 일이 벌어지고 있었다.

"커억!"

가슴을 격타당해 비명에 가까운 신음을 토한 것은 신조가 아닌 청안독노였다. 일그러진 얼굴에는 고통보다는 당혹감이 더 짙게 묻어 있었다.

청안독노의 조공은 독자적으로 개발해 낸 독문 무공

이었다. 그런데 눈앞의 청년이 그것을 완벽하게 파훼했다. 초식 그 자체가 읽힌 것이나 다름없었다. 더욱이 근접한 순간 푼 무색무취의 독이 아무런 효력도 발휘하지 못했다. 아무리 신조의 제자라 할지라도 이것은 불가능한 일이었다. 이십 년 전, 청안독노를 제압한 신조 본인이 아니라면 세상 천지에 이럴 수 있는 자는 없었다.

신조는 청안독노의 당혹감을 이해했다. 이십 년이 넘도록 조공의 치명적인 약점을 보완하지 못한 청안독노에게 감사하기 위해 마지막으로 입을 열었다.

"다신 보지 말자."

청안독노의 동공이 커졌다. 목소리가 달랐지만, 얼굴이 달랐지만 확신할 수 있었다.

"신······?"

청안독노의 말은 끝을 맺지 못했다. 신조가 휘두른 검이 단번에 청안독노의 목을 하늘로 쳐 날렸다.

한때 남쪽 땅을 요동치게 했던 마두의 죽음치고는 너무나 초라했지만, 신조는 어떠한 감상도 피력하지 않았다. 이십 년 전의 강적을 손쉽게 제압했다는 기쁨도 느끼지 못했다.

"야! 아무 말이나 해 봐! 야!"

어깨 위의 청조가 몸을 축 늘어트렸다. 더욱이 마비라도 된 듯 사지가 딱딱했다. 청안독노가 근접전에서 푸는 독은 무색무취인 만큼 그 살상력이 미약했지만, 그건 신조 같은 절정고수에게나 통하는 말이었다.

이를 악문 신조는 재차 도약할 곳을 찾기 위해 시선을 돌렸다. 청안독노를 보낸 놈들이 누구인지는 모르겠지만, 몇 놈이 더 나타날지 알 수 없었다. 일단은 안전을 확보한 뒤 청조를 해독하는 것에 우선순위를 두어야만 했다.

신조가 몸을 날렸다. 그리고 그런 신조의 등 뒤를 따라 도약하는 자가 있었다.

신조는 인상을 찌푸렸다. 도협 유성이었다. 분명 이번 사태와 관련하여 족쳐야 할 대상이었지만, 그보다는 청조가 더 급했다. 그래서 돌아볼 생각도 하지 않았다. 그대로 치달리려 했다. 하지만 유성이 낮게 토한 한마디에 다시 발을 멈출 수밖에 없었다.

"사숙."

거의 본능이었다. 지붕 위에 서자마자 돌아섰다. 뒤따라 착지한 유성이 급히 포권을 취하며 다시 말했다.

"뒤늦게나마 인사 올립니다, 사숙."

"사…… 숙?"

신조의 머릿속에서 무언가가 연결되었다. 그리고 유성이 그런 신조에게 확신을 심어 주었다.

"십삼조의 넷째, 아랑의 제자 유성입니다."

제4막
수습

그래도 우리 일곱이 함께여서 다행이야. 암룡에 속한
여러 조들 가운데 우리 같은 조도 또 없을걸? 진짜 형
제자매 같으니까. 나중에 나이 들어서도 다 같이 함께
했으면 좋겠다. 같은 동네에 집 짓고 사는 거야. 옆집,
앞집, 뒷집…… 상상만 해도 즐겁지 않아?

—요호

◑

신조는 순간 머리가 마비되는 기분이었다. 이십 년
전에 잡아 뇌옥에 처넣었던 청안독노가 눈앞에 나타났

을 뿐만 아니라 청조가 독으로 죽어 가고 있었다. 그런데 이제는 또 난데없이 셋째 형의 제자라니.

신조는 의식적으로 호흡을 골랐다. 머릿속으로 빠르게 우선순위를 정했다.

지금 가장 급한 것은 셋째 형의 안부도, 그 제자라는 유성의 진위도 아니었다.

"일단 따라와. 아니, 안전한 곳으로 안내해. 해독해야 한다."

신조의 어깨 위에 늘어진 청조를 돌아본 유성은 고개를 끄덕였다. 아직도 독무가 가득한 청월루를 돌아보는 대신 신조 옆으로 나섰다. 조금은 큰 목소리로 말했다.

"알겠소!"

갑자기 바뀐 말투의 의미를 신조는 알았다. 신조와 유성 자신과의 관계를 감추려는 것이었다. 지금 대화하고 있는 것은 신조와 그 사질 유성이 아닌, 신조의 제자라 여겨지는 자와 도협 유성일 뿐이었다.

'감시자가 있을 터.'

일을 이렇게 크게 벌려 놓고 청안독노 하나만 내밀었을 리는 없었다. 분명 어디선가 감시하는 무리들이 있을 터였다.

유성이 앞장서 지붕을 넘었다. 신조가 그 뒤를 따랐다.

해독은 결코 만만한 작업이 아니었다. 쓰인 독이 무엇인지 알아야 했고, 그 해독에 필요한 갖가지 약재가 필요했다. 때에 따라서는 침구도 필요했다.

유성은 신조를 청월루 인근의 약방으로 이끌었다. 유가장의 간판을 달고 있는 것을 보니 유성의 소유인 모양이었다.

환자를 진료키 위한 방 안에는 아무도 없었다. 유성은 창문을 굳게 닫고 약재함의 봉인을 풀었다. 신조는 침상 위에 청조를 반듯이 눕히고 맥을 짚었다.

가늘고 불안정했다. 얼굴은 새하얗게 질린 데다 손발이 딱딱했다.

'몸이 굳고 있어.'

이 역시 이십 년 전 청안독노를 쫓을 때 보았던 현상이다. 이대로 일각 정도가 지나면 청조는 온몸이 나뭇조각처럼 딱딱하게 굳어 죽고 말리라.

신조는 이를 악물었다. 해약의 조합식 같은 것은 몰랐다. 애당초 독은 둘째 누나인 애묘의 전문 분야였다. 이십 년 전에 청안독노의 독으로부터 십삼조를 지켜 낸 것은 그녀였다.

신조 옆에 선 유성 또한 표정이 좋지 못했다. 그 역

시 청조를 해독할 방법이 하나도 떠오르지 않았기 때문
이다.

사실 유성 입장에서는 청조를 굳이 살릴 필요가 없었
다. 황금충의 조카이고 유성 자신과 몇 번인가 이야기
를 나누고 논 사이였지만, 반대로 생각하면 겨우 그뿐
이었다. 하오문의 흔하고 흔한 여자 문도에 불과했다.

유성은 신조의 눈치를 살폈다. 신조가 청조를 꽤나
아낀다는 것은 지금까지의 행동만으로도 알 수 있었지
만, 과연 어느 정도일까? 기껏해야 함께한 시간이 열흘
도 되지 못할 터인데.

"단약…… 단약이 필요해."

문득 입을 열고 말한 것은 신조였다.

청안독노의 독은 분명 무시무시했지만, 일정 수준 이
상의 고수에게는 잘 통하지 않았다.

"내기로 독을 밀어내는 거야."

둘째 누나 애묘가 했던 말.

무색무취에 신경 쓴 청안독노의 독은 강력한 내기로
몰아내는 것이 가능했다. 하지만 청조에게는 그럴 만한
내기가 없었다. 신조 자신이 외부에서 힘을 밀어 넣는

것은 한계가 있었다. 내부에서부터 힘이 발해야만 했다. 그리고 당장에 그것을 가능케 하는 것은 단약뿐이었다.

하지만 요원한 일이었다. 보통의 단약 가지고는 어림도 없었다. 못해도 단번에 이십 년 이상의 공력을 불어넣어 줄 수 있는 기물이어야만 했다.

아무리 청월에 있는 약방이라지만 그런 것을 상비해 두고 있을 리가 만무했다. 비사문에 가야 할까? 그곳에 가서 서문각에게 단약을 부탁해야 할까?

하지만 그래서는 너무 늦었다. 서문각이 그런 단약을 순순히 내줄 거라 기대하기도 힘들었다.

"여기 있습니다."

신조가 고개를 돌렸다. 유성이 품 안에서 작은 함을 꺼내 신조에게 내밀었다.

"뭐야?"

"월광단입니다."

신조는 순간 눈을 깜박였다. 그럴 수밖에 없었다. 다른 무엇도 아닌 월광단이라니.

"네놈이 아무리 부……."

"스승님께서 남기신 겁니다. 애당초 사숙께 드리라 한 물건입니다."

유성은 빠르게 말하며 함을 열었다. 손가락 두 마디 크기의 은빛 환약이 푸른 비단에 감싸여 모습을 드러냈다.

틀림없는 진짜 월광단이었다. 일정 수준 이상의 고수가 취한다면 단번에 일 갑자에 달하는 공력을 쌓을 수도 있는 기물 중의 기물이었다.

신조는 함을 받아 들었다. 다시 한 번 가냘픈 숨을 간신히 이어 나가는 청조를 보았고, 마음을 굳혔다.

"주변에…… 주변에 아무도 오지 못하게 해라."

유성은 고개를 끄덕인 뒤 방을 나섰다. 청조와 단둘만 남게 된 신조는 월광단을 살짝 들어 입가에 가져갔다.

"운 좋은 줄 알아."

신조는 월광단을 입안에 넣었다. 그리고 곧바로 청조에게 입술을 맞추었다. 온몸이 마비되어 약을 녹이지도 못하는 청조의 입안으로 반쯤 녹인 월광단을 혀를 통해 밀어 넣었다.

●

새벽이 가까운 시간. 청조는 눈을 뜨고 멍하니 앞을

보았다. 어두워서 잘 보이지 않았다.

"으음……."

자다 깬 사람 특유의 신음을 살짝 흘리며 청조는 상체를 일으켜 세웠다. 정갈한 흰색 침구가 청조의 부드러운 살결을 따라 스르륵 미끄러져 내렸다. 청조는 눈을 깜박였다. 뭔가 너무 허전했다. 고개를 숙였고, 보기 좋게 봉긋 솟은 여인의 맨가슴을 보았다.

"어……?"

멍한 목소리가 소리 죽인 경악으로 바뀌는 데는 오랜 시간이 필요하지 않았다. 흘러내린 침구를 바짝 끌어올려 가슴을 가린 청조는 급히 온몸을 점검해 보았다. 다시 한 번 비명을 삼킬 수밖에 없었다.

문자 그대로 홀딱 벗고 있었다. 침구 아래 걸친 것이 아무것도 없었다.

'어, 어째서?'

기억을 더듬었지만 떠오르는 것이 없었다. 청조는 얼굴을 확 붉히며 사타구니 사이를 만져 보았다. 다행히 정신을 잃은 사이에 못된 일을 당한 것 같지는 않았다.

"깼냐?"

화들짝 놀란 청조는 침상에서 굴러 떨어질 뻔했다. 몸을 바짝 움츠리며 침구를 턱 끝까지 끌어당긴 청조는 목소리가 들린 방향을 보았다. 저만치 벽에 등을 기대고 주저앉아 있는 신조가 보였다.

"대, 대체…… 뭐, 뭐, 뭐예요?"

신조는 옷을 다 입고 있었다. 겉옷까지 입고 있는 것을 보고 청조는 우선 안심했지만, 그 안심이 길 수는 없었다. 신조가 자리에서 일어섰기 때문이다.

"뭐가 어떻…… 꺅?!"

청조가 저도 모르게 움켜쥔 주먹으로 침상을 내려친 순간, 침상이 박살이 났다. 부서진 침상과 함께 바닥에 굴러 떨어진 청조는 뭐가 뭔지 아무것도 알 수 없었다.

신조는 고개를 내저으며 그런 청조에게 다가섰다. 자신이 다가서자 조금이라도 더 침구로 몸을 가리려고 발악하는 청조에게 말했다.

"일시적인 현상이야. 평생 괴력녀로 살 일은 없으니까…… 걱정하지 마라."

"서, 설명해 봐요."

청조의 커다란 눈망울에 눈물이 그렁그렁 맺혔다. 하오문도에 기방에서도 몇 달 있었다고 해서 별 탈 없겠거니 했거늘, 그래도 나름 곱게 자란 여인이 맞았나 보다.

신조는 청조를 배려하기 위해 일부러 시선을 먼 곳으

로 돌리며 말했다.

"네가 독에 중독되었고, 해독하기 위해 단약을 먹인 다음에, 내가 약발 잘 받으라고 추궁과혈을 했다."

"단…… 약이요?"

"월광단."

신조는 짧게 말했고, 청조는 멍청한 얼굴이 되었다. 머리를 얻어맞은 사람처럼 한참을 그러다 비명처럼 외쳤다.

"미, 미쳤어요?!"

다름 아닌 월광단이었다. 청월루 '따위'는 몇 개든지 살 수 있는 엄청난 비약이었다. 청조가 아는 월광단이 맞다면, 사파칠주 가운데 하나인 일월문에서도 하나 만드는 데 십 년의 세월이 필요했다.

그런데 그런 단약을 청조 자신에게 먹였단 말인가? 월광단을?!

신조는 혀를 찼다. 당장에라도 토할 기세인 청조에게 퉁명스럽게 말했다.

"그럼, 죽게 놔두리?"

청조가 다시 신조를 보았다. 그 눈을 마주하기 부담스러워진 신조는 시선을 돌리며 말을 이었다.

"네 의복을 벗…… 아무튼 그건 추궁과혈 때문에 어

쩔 수 없었다. 애당초 네가 감당하지 못할 힘이다 보니
직접적으로 힘을 가할 필요가 있었어."

청조는 납득할 수 있었다. 비록 상승의 무공을 제대
로 전수받지는 못했지만, 그래도 나름 무공을 익힌 몸
이었다. 신조가 추궁과혈을 해 주지 않았다면 약효를
반의반도 제대로 흡수하지 못했으리라.

"이상한…… 짓은 안 했죠?"

청조가 어깨를 움츠리며 물었다. 아기 새 같은 그 모
습에 신조는 피식 웃었다.

"뭐, 떡 주무르듯 주무르긴 했다만."

신조가 오른손을 쥐락펴락하자 청조의 얼굴이 금방이
라도 터질 것처럼 새빨갛게 변했다. 신조는 다시 웃었
다. 무인이라면 꿈에서도 갈망할 월광단을 흡수했거늘,
이런 것에 더 반응하는 것을 보니 역시 무인이라기보다
는 여인에 가까운 청조였다.

'입술까지 맞춘 거 이야기하면 책임지라고 난리를 치
겠네.'

상상하니 제법 재미있었다.

"아무튼."

적당히 운을 뗀 신조가 청조에게 다가섰다. 새삼 침
구를 바짝 끌어당기는 청조에게 얼굴을 가까이 하며 물

었다.

"너, 어떻게 갚을래?"

"예?"

청조가 눈을 깜박였다.

신조는 눈을 가늘게 떴다.

"월광단이야, 월광단. 응?"

청조의 얼굴이 이번에는 하얗게 질렸다. 참으로 변화
무쌍한 그 모습에 청조는 끝내 웃음을 터트렸다. 청조
의 하얗고 보드라운 뺨을 꼬집어 준 뒤 자리에서 일어
섰다.

"슬슬 한계다. 일단 다시 고꾸라질 테니까, 깨어나면
보자."

"네?"

"깨면 보자고."

신조는 그대로 바닥에 드러눕더니 정말로 눈을 감고
잠들었다. 혼자 덩그러니 남은 청조는 눈을 깜박였고,
황망한 얼굴로 자리에서 일어섰다. 급히 시선을 돌리며
신조가 벗겼다는 옷가지를 찾아 헤맸다.

●

신조는 크고 넓은 바위 위에 아무렇게나 누워 있었다. 꿈이었다. 인지할 수 있었다. 하지만 모든 것이 너무나 생생하였다.

기억.

그 옛날의 기억.

"넌 마흔이 넘어도 어째 늘 말투가 그리 애 같니?"

달콤한 목소리는 귀에 익었다. 신조는 누운 상태로 고개를 돌렸다. 서른 초입으로 보이는 아름다운 여인이 보였다.

낭창낭창한 허리와 가늘고 긴 팔과 다리, 고양이상이라 눈이 매섭지만 남자라면 거부할 수 없는 매력이 어린 얼굴.

신조는 지금이 어느 시절의 기억인지 알 수 있었다.

"막내만 몇 십 년인데."

"그래, 젊게 사는 게 좋은 거지. 그러다 반로환동도 하겠다."

십삼조의 다섯째, 둘째 누나 애묘.

스승님께서는 십삼조의 일곱에게 저마다 다른 기예를 전수하셨다.

신조가 익힌 것은 추살.

애묘가 배운 것은 독과 의술.

그녀는 주안술과 약물로 미모를 유지했다. 쉰이 거진 다 된 지금도 서른 초입으로밖에 보이지 않았다.

"누나야말로 너무 젊어 보이는 거 아냐?"

"나야 노력의 결과고."

신조는 피식 웃었다. 애묘 또한 빙긋이 웃으며 바위 위에 앉았다. 그대로 신조의 얼굴을 바라보더니 무심코 입을 열어 말했다.

"제일 닮았어."

"뭘?"

"네가 스승님을 제일 닮았다고."

신조는 미간을 좁혔다. 눈동자를 위로 굴려 잠시 생각해 보았고, 결국에는 엉망진창인 얼굴이 되고 말았다.

"대체 어디가?"

스승님. 십삼조를 가르친 남자.

암룡 최강. 아니, 역대 황실 고수 모두를 통틀어도 그보다 강한 자는 없었다.

십삼조의 일곱 명에게 각기 다른 기예를 전수한 그에게는 한계라는 것이 존재하지 않는 듯하였다. 다루지 못하는 병장기가 없었고, 그 기예는 주술에까지 닿아 있었다.

하지만 그는 기괴했다. 십삼조에게는 아버지나 다름 없었고, 신조도 그렇게 생각했지만, 그렇다 할지라도 기괴한 것은 기괴한 것이었다.

무어라 형용할 수 없는 사람.

스무 살 이후에는 거의 보지 못했다. 서른 살 이후에는 단 한 번도 만나지 못했다.

애묘는 일곱 제자 가운데 스승님을 제일 잘 따랐다. 그녀는 옛 기억을 회상하며 신조의 뺨을 어루만졌다.

"나도 몰라. 그냥 그런 기분이 들어. 우리 모두 스승님께 저마다 다른 것들을 배웠지만…… 뭐라고 해야 할까…… 진수를 이은 건 너뿐이지 않을까?"

신조는 다시 눈썹을 미묘하게 꺾었다. 상체를 일으켜 애묘와 얼굴을 가까이했다.

"내 위로 몇 명인데. 당장 누나도 숨겨 둔 한 수가 있잖아?"

십삼조는 스승님에게 절기 하나씩을 이어받았다. 그 절기, 서로 무엇을 이어받았는지는 몰랐다. 그저 신조 자신이 배운 절기에 빗대어 다른 십삼조원들의 절기 수준을 짐작할 뿐이었다.

애묘는 다시 신조의 뺨을 어루만졌다. 어쩐지 모르게 애달픈 어조로 말을 이었다.

"그래, 그래서 때때로 이런 생각도 들어."

"뭘…… 데?"

애묘는 신조와 시선을 맞추었다. 웃음기 없는 얼굴로 말했다.

"스승님은 대체 무슨 생각으로 우릴 가르치신 걸까?"

"지금 그게 무슨…… 의미야?"

십삼조를 가르친 남자. 그는 오직 십삼조만을 가르쳤다. 그 일곱 외에는 더 이상 제자를 두지 않았다.

애묘는 목소리를 낮췄다.

"우린 일개 암부치고는……."

말끝을 흐리며 눈동자를 굴렸다. 신조가 아닌 허공을 보았다. 이 자리에 없는 누군가를 향해 속삭였다.

"너무 위험해."

◉

신조는 눈을 떴다. 꿈에서 본 애묘의 얼굴이, 목소리가 지금도 생생했다.

둘째 누나 애묘. 일곱 가운데 스승님을 가장 좋아했던 그녀, 가장 좋아했기에 가장 잘 알았던 그녀.

문득 보고 싶었다. 십 년 전 은퇴할 때도 그녀는 서

른 후반대 정도로밖에 보이지 않았다.

잘 지낼까? 잘 지내겠지. 잘 지낼 거야.

다름 아닌 둘째 누나니까.

여리고 사람 좋은 첫째 누나 요호는 늘 걱정되었지만, 둘째 누나 애묘는 걱정되지 않았다. 하늘이 무너져도 살길을 찾아낼, 그런 사람이었으니까.

천장이 보였다. 청조를 치료한 그 약방 안이었다. 청조가 박살 낸 침상이 아닌, 다른 침상이었다.

기감을 펼쳤다. 유성과 청조가 느껴졌다. 그 외에도 적지 않은 사람들이 멀리서 감지되었다.

'스승님.'

십삼조를 가르친 남자. 같은 인간이라는 사실 자체가 믿어지지 않을 정도로 모든 분야에서 뛰어났던 그 사람.

'위험…… 하다.'

일개 암부치고는 너무 위험하다. 너무 강하다.

신조는 주먹을 움켜쥐었다. 배우기는 제대로 배웠지만, 육십 평생 끝내 제대로 펼치지 못했던 '절기'를 떠올렸다.

'지금이라면…… 가능할까?'

신조는 피식 웃었다. 지금 중요한 것은 절기가 아니

었다.

그보다 더 중요한 것. 엉망진창으로밖에 여겨지지 않
는 현 상황.

신조는 몸을 일으켜 세웠다. 방 밖의 유성과 청조를
부르기 위해 입을 열었다.

청월이 발칵 뒤집혔다. 청월루에 퍼진 독무로 죽은
사람만 수십을 헤아렸고, 그들 가운데 반수 이상이 청
월 유력가의 인사들이었다.

대량 살상이었던데다가 관리와 지역 유지까지 연루된
사건이었기에 관부에서 조사를 시작했다. 청월루의 실
질적인 투자자였던 비사문 역시 그 노여움을 감추지 않
았다.

정파구주 가운데 하나이자, 서쪽 땅에서는 왕족에까
지 비견되는 비사문의 격노였다. 청월 전체가 그 노기
로 진감했다.

독무를 푼 자는 정확히 밝혀지지 않았다.

다만 청월루 근방 지붕에서 있던 한 차례의 싸움만이
알려졌을 뿐이다.

붉은 옷을 입은 미남자와 푸른 무복을 입고 어깨에
젊은 여자를 하나 멘 남자의 격돌.

자연히 사람들의 관심은 한곳으로 모였다.

그 둘은 누구인가?

"더럽네."

신조는 짧게 평했다. 독무에 하오문도가 싹 다 죽은
것도 아니니 시간이 지나면 신조가 그 둘 가운데 하나
라는 사실이 밝혀질 터였다.

평소였다면 황실에서 알아서 뒷수습을 해 주었겠지
만, 지금은 그런 것을 기대할 수 없었다. 재수 없으면
청안독노를 처단한 젊은 신진 고수로 이름과 얼굴이 알
려질 가능성도 있었다.

'아니, 거의 그렇겠지.'

어쩐지 모르게 입맛이 썼다. 혀를 한 번 찬 신조는
눈앞에 앉은 유성에게 턱짓을 보냈다.

"좋아, 일단 일 이야기는 여기까지로 하고."

물을 것은 많았다. 하오문은 왜 신조를 불렀는가, 신
조의 뒤를 쫓고 있는 자들은 누구인가, 유성과 아랑이
정말로 사제 간인가.

하지만 그것들 모두를 앞서는 가장 중요한 질문이 있
었다.

"아랑 형은 어디에 있지?"

"모릅니다."

유성은 즉답했고, 신조는 눈매를 찡그렸다.

"좀 더 말해 봐."

"이 년 전에 비사문을 나오신 이후 세상을 유랑하셨습니다. 달에 한 번씩 제게 기별을 넣어 지시 사항을 전해 주시지만, 그것이 제가 아는 전부입니다. 어디 계신지에 대해서는 알 도리가 없습니다."

참으로 셋째 형다운 이야기였다. 한차례 혀를 찬 신조가 다시 물었다.

"가장 최근 지시 사항이 날 불러 오라는 거였나?"

"예. 한 달 전쯤에 온 마지막 서신에 그리 나와 있었습니다. 이제 곧 신조 사숙께서 은퇴하실 터이니 청조를 보내 마중 보내라 하셨습니다."

"나도 모르던 은퇴 날짜는 어찌 알았대?"

그뿐만이 아니었다. 신조 자신의 은신처는 또 어떻게 알았단 말인가. 아무리 하오문에 줄을 대고 있었다 해도 신기한 일이었다. 신조의 의문은 거기서 끝나지 않았다.

'또 왜 하필 청조야? 그리고 무엇 때문에 이리 거추장스런 방법을 사용한 거지?'

의문이 꼬리에 꼬리를 물었다. 유성이 진실만을 고하

고 있다는 확신도 없었다.

신조는 유성의 얼굴을 보았다. 느끼하게 잘생긴 것이 재수 없다고만 생각했는데, 이렇게 보니 또 묘하게 셋째 형을 닮았다. 갈색 빛이 섞인 눈동자에 물었다.

"청안독노…… 아니, 내 뒤를 쫓는 자들이 누구인지는 아나?"

"아직은 알 수 없습니다. 백룡채가 사숙을 노리고는 있습니다만…… 제 생각에는 의뢰에 의한 것 같습니다."

"결국 너도 아는 게 없다는 소리군."

유성은 부정하지 않았다. 신조는 턱을 괴고 다시 한 번 생각을 정리했다.

'청안독노.'

이십 년 전에 붙잡아 황실에 넘겼다. 신조가 읽은 보고서대로라면 암룡에서 그 독에 대한 비밀을 토설할 때까지 고문한 뒤에 깔끔하게 죽인 인물이었다.

그런데 그런 청안독노가 살아 있었다. 더욱이 자신을 신조의 제자라 여기며 공격해 왔다.

"우린 너무 위험해."

문득 떠오른 둘째 누나 애묘의 말.

신조는 고개를 가로저었다.

'아니야, 아닐 거야. 애당초 그리할 거라면 무엇을 위해 은퇴를 시켰단 말인가. 그냥 죽이면 될 것을.'

황실은 아니었다. 황실일 리가 없었다.

다른 누군가. 다른 어떤 조직.

"앞으로 어찌 될 것 같으냐?"

신조가 돌연 다시 물었다.

유성이 이번에도 즉답했다.

"마두의 정체가 청안독노라는 사실은 곧 밝혀질 것입니다. 그럼 더더욱 그런 청안독노를 쓰러트린 사숙의 정체에 대해 이목이 몰리겠지요."

"갑갑하군."

솔직히 말해 짜증나는 상황이었다.

유성이 신조의 안색을 살피며 조심스럽게 말을 이었다.

"비사문에 식객으로 들어가시는 편이 안전을 도모하는 방안이 될 수도 있습니다."

현재 신조에게는 배경이 없었다. 젊은 신진 고수라며 등장해도 뒤를 봐줄 문파가 없으니 허허벌판에 홀로 선 것이나 다름없었다. 그럴 바에는 정파구주 가운데 하나인 비사문에 몸을 의탁하는 편이 나았다.

신조는 쓰게 웃었다.

"가명을 너무 이상한 걸 댔군."

"대철…… 말씀이십니까?"

신조는 대답하는 대신 고개를 휘휘 내저었다. 다시 유성에게 물었다.

"너, 언제부터 셋째 형 밑에 있었지?"

"청월에 온 이후 쭉 가르침을 받았습니다. 직접 사사한 시간은 칠 년입니다."

유성의 나이를 가늠해 보면 성인이 된 이후 가르침을 받았다는 소리였다. 셋째 형 이랑이 배운 것은 정보를 취합하고 관리하는 기술이었으니, 성인이 다된 이를 제자로 들인다 해도 이상하지 않았다.

"사숙."

이번에는 유성이 먼저 신조를 불렀다. 생전 처음 듣는 사숙 소리가 이상하게 낯간지러운 신조는 턱을 긁으며 짧게 답했다.

"왜?"

"청조는 어찌하실 건지요?"

신조가 눈썹을 꺾었다.

유성이 계속 말했다.

"마음에 드신다면 전담으로 붙여 드리겠습니다."

"뭐로? 시녀로?"

"원하신다면야……."

눈치를 보아하니 밤 시중까지 머릿속에 넣어 두고 있는 모양이었다. 신조는 고개를 내저었다.

"됐어. 이왕 월광단 먹였으니 길이나 좀 닦아 주고 말련다."

제자까지는 생각하지 않았다. 하지만 그래도 이왕 월광단을 먹였으니 최소한 자기 몸 하나 지킬 수준까지는 만들어 줄 생각이었다. 신조 자신의 경공과 '제대로 된' 일수비백비가 일 갑자 상당의 공력과 하나 된다면 당당한 여류 고수 하나가 탄생한다 해도 과언이 아니었으니 말이다.

"알겠습니다. 그럼 일단은 함께하신다는 걸로 알겠습니다."

"뭐, 그래."

어째 유성의 말투가 살짝 거슬렸지만, 신조는 크게 신경 쓰지 않았다. 자리에서 일어나며 말했다.

"배고프다. 밥이나 먹자."

추룡단주 조숙은 골방에 홀로 앉아 바둑판을 들여다 보았다. 아주 낮고 작은 목소리로 스스로에게 말했다.

"청안독노를 단칼에 죽였다."

그 싸움, 직접 보았다. 푸른 옷을 입은 청년은 청안독노의 조공을 완벽하게 파훼했다.

청년의 나이는 많이 잡아 봐야 이십 대 중반에서 후반 정도였다. 그 나이 또래에 정파구주와 사파칠주의 장로와도 필적하는 청안독노를 제압할 수 있는 자가 있든가.

"삼룡사봉(三龍四鳳)…… 그렇다 해도 힘들어."

정파의 희망이라는 일곱 후기지수로도 무리였다. 사파의 오성이라 해도 마찬가지였다.

"아니, 살성(殺星) 사정혜…… 그녀라면 가능할지도 몰라."

정파 측의 최강자가 천검문이라면, 사파 측의 최강자는 흑사문이었다.

사파제일지존이라 불리는 흑사문주 사주헌.

그런 그가 정사마를 통틀어 최고의 기재라 천명한 이가 바로 사정혜였다. 사주헌의 무남독녀이자, 차기 흑사문주로 내정된 그녀는 이제 겨우 약관을 바라보는 나이였지만 오성(五星) 가운데 최강이었다. 정사마에 속한 그 누구도 그녀가 무림의 열두 지존 가운데 하나인 도황(刀皇)의 자리를 이어받을 거란 사실에 의심을 품지 않았다.

사정혜라면 가능했다. 그녀라면 청년이 그러했던 것처럼 청안독노를 단칼에 쓰러트릴 수 있을 터였다.

"하지만 그렇다면 그 청년이 사정혜와 엇비슷한 실력이란 말인가."

사정혜는 특별했다. 그 타고난 재능만 빼어난 것이 아니었다.

흑사문의 전력.

태어나자마자 전신의 기혈을 뚫었다. 자라며 온갖 영약을 섭취했고, 흑사문이 보유한 신공들을 몸에 익혔다.

'조작'이기 때문에 길러 낼 수 있던 기린아. 나이에 어울리지 않는 비정상적인 강함은 거기에서부터 기인한 것이었다.

청년은 사정혜보다 못해도 대여섯 살은 위로 보였다. 하지만 그 오에서 육 년이란 시간은 사정혜가 받은 지원을 충당하기에는 너무나 짧은 시간이었다.

조숙은 숨을 길게 토했다. 이제는 그도 황실이 왜 그

신조라는 노인을 잡으려 하는지 대강이나마 알 수 있을 것 같았다. 저런 괴물을 단독으로 길러 낼 정도의 인물이라면 경계하지 않을 수 없었다.

'하나 모르지. 내가 모르는 어떤 관계가 있을지도.'

육성으로 토하지 않고 말을 삼켰다. 조숙은 지금이 발을 빼야 할 때라고 판단했다. 청안독노는 죽이지 말아야 할 사람들을 너무 많이 죽였다. 청월은 지금 성난 벌들이 날뛰는 벌집이나 다름없었다.

황실의 일에 깊이 관여해 좋을 것은 하나도 없었다. 다소 강짜를 부려서라도 몸을 빼는 것이 우선이었다.

'청안독노가 죽었으니 부채주님을 뵈었다는 그 백의무사들이 직접 당도할 가능성이 높겠지. 우리 일은 딱 거기까지다.'

의문이 많았지만 조숙은 생각을 갈무리했다. 어째서 황실이 제대로 그 정체를 감추지도 못하는 '무인'들을 앞세워 무언가 일을 꾸미고 있는지, 신조와 그 제자로 추정되는 청년과 하오문의 관계는 무엇인지 고민하지 않았다.

조숙은 바둑판을 보았다. 머릿속으로 감시망을 떠올렸다.

"뭘 몸을 그리 비비 꼬고 앉았냐?"

예의 방 안, 칠첩반상 너머에 다소곳이 앉은 청조를 보며 신조가 말했다. 그도 그럴 것이, 신조의 눈길이 닿을 때마다 청조는 화들짝 놀라 어깨를 좁히거나 고개를 숙여 댔다.

"누가 보면 내가 눈으로 너 겁탈하는 줄 알겠다."

"무, 무슨 말을 그렇게 해요?"

"쯧."

신조는 잘 익은 홍시처럼 발갛게 달아오른 청조의 뺨 대신 밥그릇에 다시 시선을 돌렸다. 오리 고기 한 점 얹어 밥 한 숟가락 꿀꺽 삼킨 뒤 고개를 끄덕였다.

"숙수 맞네."

"피."

벌써 몇 번째인지 원. 청조는 다른 반찬들에도 눈길을 주며 말했다.

"다른 것도 좀 드셔 보세요. 다 신경 써서 만든 거니까."

"그보다 너, 몸은 좀 괜찮냐?"

신조가 다시 청조를 보았다. 옷 다 입고 있건만 청조

는 새삼 가슴 부분을 손으로 가리며 답했다.

"기운이 좀…… 너무 넘치는 것 같아요."

온몸에서 힘이 넘쳐흘러 잠을 다 이루지 못할 정도였다. 신조는 낄낄 웃더니 숙주를 씹어 삼켰다.

"빡세게 굴려서 기운 빼면 되겠네. 땀도 좀 흘리고."

기운이 넘치면 빼면 되는 법이니, 너무나 당연한 이치였다.

'근데 이년은 무슨 생각을 하길래 또 뺨을 붉혀?'

속으로 끌끌 혀를 찬 신조가 턱짓으로 청조의 단전 부위를 가리켰다.

"그보다 너, 익힌 심법이 토납법 하나냐?"

추궁과혈을 해 주며 청조의 몸 안에서 일어나는 진기의 흐름을 살핀 신조였다. 딱히 잘나지도, 모자라지도 않은 기본공 그 자체인 토납법의 흔적을 읽을 수 있었다.

청조가 입술을 삐쭉 내밀었다.

"숙부가 토…… 납법보다는 좋은 거라고 하셨는데."

아주 틀린 말은 아니었다. 분명히 어느 정도 개량된 토납법이기는 했으니 말이다.

"아무튼 그거 하나구나. 잘됐네, 그럼."

토납법은 변방 파락호까지 익힐 정도로 흔해 빠진 기

본공이었다. 하지만 그만큼 누구나 익힐 수 있었고, 기본 중의 기본인 만큼 그 어떤 심법과도 어울릴 수 있었다.

청조가 만약 제대로 된 심법을 익히고 있었다면 오히려 신조의 추궁과혈을 통한 월광단 흡수가 어려웠을 터다.

'그리고 무엇보다 새로운 심법을 익히는 데 부담이 없지.'

속으로 싱긋 웃은 신조는 새삼 자세를 바로한 뒤 말했다.

"오늘부터 내가 너 좀 가르쳐야겠다."

청조가 순간 마른침을 꿀꺽 삼켰다. 조심스럽게 물었다.

"무공…… 이요?"

"그래, 우선 심법과 경공부터 제대로 전수해 주마."

신조의 말이 끝나기 무섭게 청조가 자리에서 벌떡 일어섰다. 그대로 머리 위로 두 손을 올리더니 종종걸음으로 상 옆으로 이동해 허리와 무릎을 굽히려 했다. 저도 모르게 눈썹을 꺾은 신조가 급히 그런 청조를 멈추게 했다.

"야야, 지금 뭐하냐, 너?"

"무르시기 전에 구배지례 올리려고요."

청조는 헤헤 웃었고, 신조는 너털웃음을 터트렸다. 하기야 하오문도라 해도 무인은 무인. 그간 신조의 무위를 보았으니 저리 반응하는 것도 이해가 갔다. 청조에게는 월광단과 지금 신조의 제안 모두가 말 그대로 '기연' 일 테니까 말이다.

하지만 웃음도 잠시. 신조는 끌끌끌, 혀를 차며 고개를 가로저었다.

"분명히 말하는데, 제자는 아냐."

청조의 안색이 어두워졌다. 신조는 청조의 얼굴을 똑바로 보며 말했다.

"가르치는 건 경공과 심법, 그리고 약간의 잡기뿐이다. 주가 되는 건 네가 본래 익히고 있던 일수비백비야."

신조의 말에 청조의 얼굴이 다시 밝아졌다. 신조의 경공은 드넓은 천하에서도 손꼽을 정도였으니, 심법 또한 보통이 아닐 것이 분명했다. 얼른 말을 덧붙였다.

"그래도 스승은 스승이죠."

그래도 아까처럼 구배지례를 하려고는 하지 않았다. 그 눈치 빠른 모습에 신조가 다시 물었다.

"너, 내 제자 하고 싶냐?"

"네."

청조가 꽃처럼 환하게 웃었다. 본능인지, 계산하에 하는 행동인지는 분간이 가지 않았지만, 어느 쪽이든 사내 마음을 이리저리 뒤흔들기 딱 좋은 교태였다.

"요망한 것. 난 싫다."

"왜요?"

청조가 눈썹을 꺾으며 반은 애원하듯, 반은 투정 부리듯 물었다. 신조는 청조의 야들야들한 뺨을 꼬집었다. 그대로 얼굴을 자기 쪽으로 잡아당긴 뒤 짧게 말했다.

"받아 내야 하니까."

"네?"

청조가 모르겠다는 듯 눈동자를 살살 굴렸지만, 소용없었다. 신조는 청조의 뺨을 놓아주며 낮게 말했다.

"월광단 값, 그리고 너 가르치는 수업료."

청조의 어깨가 움츠러들었다. 그 작은 머릿속으로 무슨 망상을 하는지 빤히 아는 신조는 일부러 꾸민 목소리로 말했다.

"자, 그럼 어디 한 번 들어 볼까?"

신조는 혀를 살짝 내밀어 아랫입술을 핥았다. 그 동작에 순간 움찔하는 청조에게 물었다.

"어떻게 갚을래?"

○

"역시 예사 분이 아니라 생각했습니다."

"하하…… 그저 미욱한 재주일 뿐입니다."

청조도 양껏 놀려 먹고 밥도 잘 먹은 신조를 찾아온 것은 비사문의 후기지수인 창천비룡 서문각이었다.

유성에게서 '청월루를 습격한 마두를 신조가 쓰러트렸다' 라는 이야기를 전해 들은 서문각은 정파의 협의지사답게 분에 찬 목소리로 말했다.

"죄 없는 이들을 그리 학살하다니…… 실로 흉악한 마두가 틀림없습니다. 참으로 훌륭한 일을 하신 겁니다."

"허허……."

마지막에 가서는 호의 가득한 미소를 짓는 서문각의 모습에 신조는 난색을 표할 수밖에 없었다.

'사내자식이 눈이 왜 이렇게 반짝거려? 나이도 제법 되는 놈이.'

부담스럽기 짝이 없었다.

보다 못한 유성이 끼어들었다.

"이 친구야, 적당히 하게. 자네의 서툰 공치사에 곤란해 하시는 게 안 보이나?"

투박하기 그지없는 유성의 말에 서문각이 눈썹을 찌푸렸다.

"무례를 용서하시죠. 본래 말이 다소 거친 친구입니다."

"아니오, 괜찮습니다."

신조는 다시 곤란한 미소를 그렸고, 유성은 어깨를 으쓱였다.

서문각이 말을 이었다.

"우선은 비사문으로 다시 거처를 옮기시지요. 사문의 어른들께서도 대협을 뵙고 싶어 하십니다."

예상했던 이야기다. 신조는 고개를 끄덕였다.

"알겠습니다. 청조와 함께 바로 옮기도록 하죠."

"청조…… 말씀이십니까?"

서문각에게는 생각지도 않은 이름이었나 보다. 신조가 약간이지만 얼굴에 시름을 띠며 답했다.

"네, 이번 일로 중독되어…… 제가 해독 작업을 하고 있습니다."

"허, 저런……. 생명에는 지장이 없는지요?"

"걱정하지 않으셔도 됩니다. 곧 쾌차할 겁니다."

서문각은 정말 다행이라는 듯 환히 웃었다. 구김살 하나 없이 자란 정파의 후기지수다운 모습이었다.

"대협께서 의술에도 일가견이 있으셨군요."

"아닙니다. 그저 흉내만 조금 내는 정도입니다."

"그쯤해라, 몸 상태도 안 좋으신데. 먼저 돌아가 봐. 할 일도 많잖아."

마지막에 끼어든 것은 역시 유성이었다. 신조는 지금 약간이지만 중독된 상태라는 설정이었으니 말이다.

서문각은 고개를 끄덕이더니 아쉬움 가득한 얼굴로 말했다.

"그럼 먼저 돌아가 보겠습니다. 내원에서 뵙도록 하죠."

"살펴 가십시오."

서문각이 방을 나섰다. 기감을 퍼트려 십 장 밖까지 떠난 것을 확인한 신조는 가슴부터 두드렸다.

"흐아, 씨발. 답답해 죽겠고만."

밝아도 너무 밝아 부담스럽기 짝이 없었다. 거기다 맞춰 준다고 얌전 떨자니 여간 갑갑한 것이 아니었다. '연기'에 능한 것은 첫째 누나 요호였지, 막내인 자신이 아니었다.

신조는 다시 한 번 크게 한숨을 토한 뒤 자세를 바로

했다. 유성에게 턱짓했다.

"잘해라."

"여부가 있겠습니까."

신조는 비사문으로 들어간다. 셋째 형 아랑의 다음 기별이 올 때까지 정체를 알 수 없는 암중 세력으로부터 안전을 꾀한다. 그리고 유성이 하오문을 움직여 상대의 배후를 캔다.

솔직히 말해 후자는 그리 기대할 수 없었지만, 전자라면 믿을 만하였다.

'뭐, 나도 안에서 나름 수를 내보겠지만.'

유성은 아랑의 제자였다. 월광단 같은 천금에 해당하는 기물을 감추지 않고 선뜻 내놓은 인물이었다. 하지만 신조는 아직 유성을 완전히 신뢰하지 않았다.

신조는 다시 유성을 보았다. 자식도 아닌 것이, 셋째 형 아랑을 참으로 닮았다.

　　　　　　　　　　　●

"우선은 발을 뺀다."

조화검수 이일평은 청월을 떠나며 짧게 말했다. 청안독노가 일을 완전히 그르치고 말았다. 청월은 지금 성난 벌들이 활개치고 다니는 벌집이나 다름없었다.

광룡은 정명한 황제의 검들이었다. 그림자에 숨어 쥐새끼마냥 일을 만드는 것은 암룡의 일이었다. 때문에 광룡은 이런 식의 암수에 서툴 수밖에 없었다. 물론 광룡에도 '그렇지 않은 자들'이 있었지만, 그들은 암룡의 이목을 흩트리는 데 총력을 다 하고 있었다.

위에서도 철수를 명했다. '신조의 제자로 추정되는 이'보다 우선시되는 다른 임무에 조화검수 이일평과 그 휘하 검수들의 힘이 필요했다.

"맹저(猛猪)의 소재가 밝혀졌다."

십삼조의 여섯째. 가진바 능력을 생각한다면 신조보다 두 배는 더 대사에 방해가 될 인물이었다.

이일평은 걸음을 서둘렀다.

제5막

단초

미리미리 챙겨 놔. 나중에 은퇴한 다음에 개털 되지
말고. 뭐? 살아서 은퇴나 하겠냐고? 당연한 거 아냐?
우린 '그 사람'의 제자들이잖냐. 우리가 살아서 은퇴
안 하면 대체 누가 하겠냐?

—아랑

○

이십 년 전, 청안독노는 황실 유력 인사 가운데 하나
인 주 대인의 둘째 딸을 겁간하고 살해하였다. 혈랑마
존의 혈겁 이후 무림과 거리를 두고 있던 황실이었으나

이 같은 사태를 좌시할 수는 없었다. 암룡 가운데서도 가장 우수한 십삼조가 청안독노 포획을 위해 투입되었다.

애묘와 신조.

두 사람은 필사적으로 도주하는 청안독노와 네 번 겨루었고, 마침내 붙잡아 황실로 압송했다.

추살이 아닌, 포획하란 명령이 내려온 이유는 간단했다. 주 대인이 직접 청안독노의 숨통을 끊고자 했기 때문이다.

신조는 청안독노를 포획한 날로부터 꼬박 한 달 뒤에 청안독노가 죽었다는 보고서를 보았다.

거기까지였다. 청안독노와 신조와의 인연은 거기서 끝났어야만 했다.

'그런데 놈이 다시 나타났지.'

청안독노가 살아 있었다.

어떻게 살아 있었을까?

암룡 기록실에 올라온 정식 보고가 거짓이었단 말인가.

'경우의 수는 셋.'

하나, 주 대인이 청안독노를 살렸다.

둘, 암룡이 청안독노를 빼돌렸다.

셋, 제삼자가 청안독노를 빼돌리고 암룡에 거짓 정보를 전파했다.

셋 중 어느 하나라도 황실에 큰 힘을 가진 이가 아니라면 할 수 없는 일이었다.

'암룡은 아냐.'

암룡은 아닐 터였다. 암룡이 신조를 노리는 것이라면 왜 은퇴를 시켰단 말인가. 임무라며 속인 뒤 황실로 불러들여 함정에 빠트리지 않고 말이다.

'만약에 암룡이라면…… 적어도 내가 은퇴한 이후, 그 며칠 사이에 무언가 변고가 생긴 것이겠지.'

하지만 이 역시도 가능성이 낮았다.

왜 하필 청안독노를 보냈단 말인가.

청안독노가 무림에서 사라진 지 벌써 이십 년이 넘었다. 지금이야 시신이 발견되었으니 어찌어찌 정체를 캐내는 것이 가능할지 몰랐지만, 그저 싸우는 모습만을 보인 정도였다면 그 정체를 간파하기가 쉽지 않았을 터다.

그런 의미에서라면 이해할 수 있었다. 하지만 신조의 관계자를 잡기 위해서 청안독노를 파견했다고 가정한다면, 그 결정에 의구심을 갖지 않을 수 없었다.

'아니, 내가 너무 깊이 생각하는 건가? 놈들은 내가

'신조'라는 사실을 몰라.'

청안독노는 처음에 자신을 보고 '신조의 제자 놈'이라 말했다.

신조가 아닌 신조의 제자라면 청안독노를 모를 수도 있다.

정파구주와 사파칠주의 장로에 필적하는 청안독노가 서른도 안 된 애송이에게 패할 거라 생각하지 못했을 터이니 그 파견에 더더욱 여유가 있었을지 모른다. 애당초 승리해 신조의 제자를 붙잡는다면 정보가 새고 자시고 할 일 자체가 없으니 말이다.

'하지만, 하지만 그렇다 할지라도…….'

암룡의 짓이라 하기에는 너무 서툴렀다. 암룡은 황실의 그림자였다. '제' 전역을 지배하는 황실의 숨겨 둔 암수였다.

암룡은 이렇게 어설프게 일을 하지 않는다. 가능성을, 변수를 남기지 않는다.

의문이 꼬리에 꼬리를 물었다.

청안독노를 부리는 자는 누구인가. 그는, 혹은 그 조직은 어째서 신조 자신의 행방을 추적하는가.

'연락을 취해야 해. 나만 공격당한 것인지, 십삼조 전원이 공격받고 있는지…… 무엇보다 그걸 확인하는

게 우선이다.'

셋째 형 아랑은 현재 위치를 알 수 없었다. 앞으로
보름 뒤가 다음 기별이 올 때라 하니 그때까지는 그저
기다리는 것밖에는 할 수 있는 일이 없었다.

'요호 누님……'

가장 걱정되는 것은 요호였다. 은퇴한 지 이미 수십
년이 넘은 그녀가 공격받았을 가능성은 낮았지만, 그래
도 자꾸만 마음이 불안하였다.

"우린 너무 위험해."

이십 년 가까이 된 옛날, 둘째 누나 애묘가 했던 말.

신조는 고개를 가로저었다. 그렇게 위험했다면 진즉
에 제거했어야 옳았다. 그리고 십삼조가 아무리 뛰어나
다고 한들, 그래 봐야 둘째 형 뇌호의 말대로 일개 암
부에 불과했다.

"후우."

신조는 고개를 가로저었다. 머릿속을 가득 메운 고민
과 걱정들을 잠시나마 잊어버렸다. 이런 것을 고민하는
것은 둘째 형 뇌호와 셋째 형 아랑의 일이었다. 신조
자신은 십삼조의 비수였다. 노린 적을 향해 빛살같이

날아 그 목숨을 취하는 것이 신조의 역할이었다.

신조는 현실을 보았다. 제법 넓은 정원 한가운데 선 청조가 땀을 삐질삐질 흘리며 운기조식을 행하고 있었다.

신조가 청조에게 전수해 준 내공심법은 스승님에게 배운 것이 아니었다. 애묘가 청안독노와의 싸움 이후 토납법과 독공을 섞어 만든 내공심법이었다. 때문에 제대로 된 이름도 없었다. 애묘가 장난스럽게 붙인 숫자가 그 구분의 다였다.

신조가 청조에게 굳이 애묘의 심법을 전수한 이유는 청조의 특수성 때문이었다.

청조는 청안독노의 독에 중독되었다. 그리고 월광단과 추궁과혈에 힘입어 그 독기를 몰아내었다.

그 과정에서 청안독노의 독은 청조의 몸과 하나 되었다. 때문에 애묘의 심법이야말로 청조에게 최고의 심법이었다. 청조에게 중요한 것은 내공을 많이 쌓는 것이 아니었다. 이미 확보된 내공을 얼마나 효율적으로 운용할 수 있는지가 중요했다.

'그래도 제법 집중력은 있네.'

바로 코앞에서 얼굴을 들여다보고 있음에도 청조는 눈을 꽉 감고 심법 운용에 매진할 뿐이었다. 어쩐지 장난삼아 건드려 보고 싶었지만, 신조는 그런 자신을 타일렀다.

'그러다 큰일 나지.'

청조는 지금 내공 운용의 기초를 다지고 있는 중이었다. 잘못 건드렸다가 주화입마라도 걸리면 큰일이었다. 제대로 사용하지 못해서 그렇지, 청조에게는 현재 일 갑자에 해당하는 공력이 있었다. 그 공력이 한 번 미쳐 날뛰기 시작하면 아무리 신조라도 수습하기 난처했다.

'그러고 보니 나는 지금 몇 갑자나 되는 거지?'

당금 무림에서 내력만으로 최고를 꼽자면 당연 삼신 가운데 하나인 권신 혁린이었다. 호사가들의 풍문이기는 했지만, 사람들은 그가 인간의 한계치인 오 갑자에 도달했다고 여겼다.

일문의 장로나 문주들의 내공은 대게가 삼 갑자 내외였다. 환골탈태와 반로환동을 경험하기 전, 신조의 내공은 이 갑자가 조금 넘는 수준이었다.

단순히 내력만 높다 하여 강한 무인이라 할 수는 없었지만, 일정 수준 이상의 내력이 없으면 결코 오를 수 없는 경지라는 것 역시 존재하는 법이었다.

신조는 천천히 손바닥을 펼쳐 보았다. 그대로 천천히 말아 쥐며 스승님의 말씀을 떠올려 보았다.

"넌 죽이는 자다."

신조가 배운 것은 검법도, 도법도, 창법도 아니었다.
적을 죽이는 법.
수단과 방법을 가리지 않고, 적의 강함과 약함을 따
지지 않고, 그저 죽이는 것.
어떻게든 죽이고 마는 것.
때문에 신조는 경공 이외에는 그다지 내공을 사용하
지 않았다. 검기상인의 경지에 오른 지 오래였지만, 굳
이 검기나 도기를 만들어 싸우지 않았다.
찌르면 죽는다.
그것이 날카롭게 깎은 나뭇가지든, 칼이든, 검기를
씌운 명검이든 그 사실 하나만은 똑같다.
'어쩌면…… 그래서 끝내 그 절기를 사용하지 못했
던 걸지도 모르겠군.'
스승님이 물려주신 절기.
지금까지 신조가 배운 것과는 완전히 다른 것이었다.
어마어마한 내공을 필요로 하는 것이었다.
청조를 업고 서쪽 땅을 내달리며 내공의 증진을 느꼈
다. 전보다 배는 더 높아진 경공의 경지를 확인하였다.

이제는 가능할지도 몰랐다. 지난 사십 년 동안 홀로 수없이 시도했지만 번번이 실패하고 말았던 그 절기를 사용할 수 있을지 몰랐다.

"해 볼까?"

피가 끓었다. 심장이 두근거렸다.

하지만 신조는 내공을 끌어 올리는 대신 뒤돌아섰다. 넓게 펼쳐 두었던 기감 너머로 익숙한 기척 하나와 처음 느끼는 기척 하나가 다가왔다.

하나는 창천비룡 서문각이었다. 다른 하나는 서문각과 비슷하면서도 달랐다.

'대충 짐작은 가는데.'

피식 웃은 신조는 여전히 눈을 감고 운기에 집중하고 있는 청조와 거리를 벌렸다. 그리고 속으로 숫자를 열 쯤 헤아린 순간 서문각이 문을 열고 들어섰다.

신조는 눈동자를 굴렸다. 늘상 보던 서문각을 지나 그 옆에 선 여인을 보았다.

아름다웠다. 하지만 동시에 위험하기 짝이 없는 분위기를 풍겼다.

분홍빛 비단에 감싸인 허리는 가늘었고 팔다리는 모두 길었다. 겹쳐 입은 비단옷도 여인 특유의 매끄러운 곡선을 모두 가리지는 못했다.

나이는 이제 십대 후반이나 되었을까?

신조는 난생 처음 보는 그녀가 누구인지 알 수 있었다.

"대협, 지내시는 데 불편함은 없으신지요?"

의례적인 인사를 하던 서문각은 신조의 시선이 자신 옆에 여인에게 향하자 빙긋이 웃었다. 자랑스러움이 가득한 목소리로 말했다.

"인사드리죠, 제 여동생 서문지혜입니다."

서문지혜가 부드럽게 웃으며 가볍게 예를 표했다. 그 시선을 신조에게, 그리고 그 등 너머에서 세상모르고 운공 중인 청조에게 보냈다.

'백미요화 서문지혜.'

서문가가 품은 요사스런 꽃.

아름다우나 그만큼 가시 돋친 꽃.

신조는 서문지혜의 눈빛에서 어떤 감정과 생각을 읽었다. 누가 봐도 속이 훤히 드러나는 서문각의 얼굴이 그 추측을 뒷받침해 주었다. 때문에 여유로운 미소를 그리며 스스로를 소개했다.

"대철이라 하오."

"청조라는 계집, 제법 예쁘긴 해도 별거 아니던데?"

신조가 머무는 내원을 나서며 서문지혜가 피식 웃었다. 자신감이 가득한 그 얼굴에 서문각이 낮은 목소리로 약간은 꾸중하듯 말했다.

"허허, 말하는 모양새가 그게 무엇이냐?"

"내가 가벼운 게 아니라 오라버니가 너무 무겁고 답답한 거겠지."

서문지혜는 흥흥거리며 야릇한 미소를 흘렸다. 오라비에게 교태를 부리는 것이 아니었다. 타고난 기질을 따라 자연스럽게 흘러나오는 요염함이었다.

청조가 청순함 속에 요염함을 감춘 것과는 달랐다. 서문지혜는 명문정파인 비사문이 아닌 사파에서 태어났다면 스스로의 의지와는 무관하게 요녀라 불렸을 여인이다.

서문지혜는 아랫입술을 살짝 핥았다. 다시 한 번 머릿속에 청조와 신조의 얼굴을 떠올려 보았다.

가문의 어르신들이 서문지혜에게 '대철'을 만나 보라 한 이유는 쉬이 짐작할 수 있었다. 그저 단순한 인사가 아니었다.

─청안독노를 단칼에 쓰러트렸다.

아직 외부에 공표하지는 않았지만 비사문은 청월루를
쑥대밭으로 만든 범인의 정체를 이미 파악했다.

청안독노. 이십 년 전에 사라진 마두.

결코 녹록한 자가 아니었다. 비사문의 장로들도 쉬이
대할 수 없는 독공의 고수였다. 그런데 그런 노고수를
젊은 청년이 쓰러트렸다. 더욱이 그 청년은 소속된 문
파가 없었다. 아직 그 배경을 완벽히 조사하지는 못했
지만, 그렇다 해도 손안에서 풀어놓기 싫은 '대어' 였
다.

비록 노쇠했다 하나 청안독노를 제압한 무공과 창천
비룡을 능가하는 경공.

백미교화 서문지혜는 아직 주인 없는 꽃이었다. 명문
정파의 여식들은 결코 자유로운 몸이 아니었다.

다른 문파가 끼어들기 전에 우선 다리를 놓는다. '행
동' 을 하는 것은 아직 나중 일일 터였지만, 그래도 미
리 준비를 해 둔다.

서문지혜는 영민했다. 어린 시절부터 자신의 운명을
알고 있었고, 그것을 명문정파 비사문의 여식으로 태어
나 누린 호사에 대한 의무로 이해했다.

'나쁠 것 없지.'

얼굴도 그만하면 제법 마음에 들었다. 서문각처럼 꽉
막힌 샌님 같지도 않았고, 유성처럼 되바라진 자처럼
보이지도 않았다. '강력한 경쟁자'로 여겨지는 청조라
는 계집도 직접 보니 별거 아니었다. 하기야 하오문의
천한 계집과 비사문의 금지옥엽인 서문지혜 자신을 같
은 선상에 둔다는 것부터가 비상식적인 일이었으니까.

"뭐, 일단 건드려는 볼까?"

서문지혜는 까르르 웃었고, 서문각은 약간은 난처한
미소를 그렸다.

서문각은 대철이 마음에 들었다. 가능하다면 정말로
연을 이어 친우가 되고 싶은 마음이었다. 하지만 마음
에 걸리는 것이 있었다.

청안독노는 왜 청월루를 공격했을까?

이십 년 전 사라졌던 마두가 갑자기 나타나 기루를
공격해 얻을 수 있는 이익이 무엇이란 말인가.

배후가 있을 것이 분명했다. 그렇게밖에 생각할 수
없었다.

그리고 대철, 그가 청월루에 있었던 것은 단순한 우
연일까?

'어르신들께서도 모두 염두에 두고 계시겠지만……'

서문각은 시름을 완전히 털어 내지 못했다.

◉

"계집년, 경망스럽기는."

"네?"

"아니, 너 말고."

괜스레 귓불을 털어 낸 신조는 다시 가부좌를 틀고 앉은 청조의 얼굴을 보았다.

"흠, 그나저나 그렇게 보이나?"

서문지혜가 청조를 보는 시선은 어떻게 보아도 먹잇 감 혹은 적을 가늠하는 포식자의 그것이었다. 외부에서 보면 청조와 신조 자신이 그렇고 그런 사이로 보인다는 뜻일까?

"아까부터 무슨 말씀이세요?"

"됐다."

신조는 대답하는 대신 청조의 뺨을 꼬집어 준 뒤 본 래 하던 대화를 이어 나갔다.

"그보다, 그럼 사실상 청월의 하오문은 유성의 손아 귀에 있다는 건가?"

"예. 숙부는 도박장 관리만 열심히니까요. 도성 어르

신은 요새 들어 활동이 뜸하시고요."

"남쪽 땅의 명가인 유가장의 자식이 하오문의 중진을 맡고 있다라⋯⋯."

신조는 수염 하나 없이 매끄러운 턱을 매만지며 다시 한 번 셋째 형 아랑과 유성의 관계를 재조명해 보았다.

'아랑 형의 제자라면 충분히 가능한 일이겠지. 상성도 잘 맞을 터이고.'

그렇다면 애당초 하오문을 장악한 것은 아랑 형이었을까, 아니면 유성이었을까? 아예 둘이서 함께 장악한 것은 아니었을까?

'태산도성을 한 번 만나 볼 필요는 있겠어.'

청월루 사건으로부터 벌써 오 일이 지났다. 그사이에 별다른 일은 없었다. 유성 역시 이렇다 할 정보를 얻어 내지 못했다.

'아랑 형의 기별이 도착하면 다른 형제들을 찾으러 가 보자. 우선은 그게 시급해.'

청안독노를 보낸 자가 누구인지는 알 수 없었다. 놈들의 노리는 것이 신조 자신만이라면 다른 십삼조원들을 찾는 행위 자체가 화가 될 수 있었다. 하지만 놈들의 목표가 만약 십삼조 전체라면 이야기가 달랐다. 하루라도 빨리 다른 형제들과 합류해야만 했다.

'어쩌면 괜히 시작한 건가.'

신조는 다시 청조를 보았다. 붙임성 가득한 얼굴로 자신을 마주하는 청조의 모습에 짧게 한숨을 내쉬었다.

'생각해 보니 내가 미쳤지.'

다른 것도 아니고, 월광단을 고작해야 며칠 본 여아에게 먹였다. 거기에 정체를 알 수 없는 놈들과 대적하는 와중에 무공을 가르치겠다고 나섰고, 실제로 가르치고 있었다.

아무리 비사문의 보호를 받고 있다지만 스스로가 돌아봐도 놀랄 정도로 느슨한 태도였다. 반로환동하기 전의, 은퇴하기 전의 자신이 과연 이 정도로 느긋한 사람이었던가.

'여색에 굶주렸던 건가……?'

얼굴이 망가진 이후 평생 여자를 멀리하고 산 신조였다. 여색에 무심해졌다 생각했거늘, 그런 것이 아니라 단지 참고 있던 것에 불과한 것이었을까?

신조는 고개를 휘휘 내저었다. 새삼 코끝을 자극하는 청조의 달콤한 살내음을 털어 내며 자리에서 일어섰다.

"좀 더 심법 수련에 신경 써라. 내가 백날천날 붙잡고 가르칠 수는 없으니 진도 좀 팍팍 나가야겠다."

"네, 열심히 할게요."

이유는 몰라도 신조가 화가 났다고 생각했는지, 제법 진지하게 답한 청조는 얼른 눈을 감고 다시 운기를 시작했다. 신조는 그런 청조를 내려다보았다. 별로 닮지 않았는데도 문득 첫째 누나 요호가 떠올랐다.

'잘…… 있겠지?'

정이 많고 착한 첫째 누나. 신조에게는 어머니인 동시에 누이였던 여인.

신조는 눈을 감았다. 벌써 못 본 지 몇 십 년이나 지난 요호의 얼굴을 떠올려 보았다.

●

"지지부진하군."

광룡의 여섯 대주 가운데 하나인 백룡은 언짢은 목소리를 토했다. 별실에서 그와 바둑판을 사이에 두고 마주 앉아 있던 용아는 고개를 들어 백룡의 안색을 살피고 싶은 욕구를 간신히 찍어 눌렀다. 백룡의 목소리가 이어졌다.

"뇌호를 잡은 이후에 진척이 너무 없어. 암룡의 눈을 속이는 데 대부분의 힘을 쏟고 있다지만, 너무하다는 생각이 들지 않나?"

용아는 섣불리 입을 열지 못했다. 백룡은 향나무로 만든 바둑알 집에 손을 넣었다. 잘그락 소리를 내며 바둑알을 골랐다.

"맹저는 여전히 추적 중이고, 신조는 그 제자라 여겨지는 놈을 어찌해 보지도 못하고 구경만 하고 있으니…… 내가 아는 광룡은 이렇게 무능한 조직이 아니란 말이지."

암룡의 이목을 속이기 위해 힘의 팔 할을 쓰고 있다 해도 과언이 아니었지만, 그렇다 해도 이 할의 힘이 남아 있었다.

황실의 무력을 대행하는 광룡이었다. 그 이 할만으로도 '정면 대결'이라면 암룡을 쓸어버릴 정도의 힘이었다.

더욱이 광룡에는 지난 세월 동안 준비해 온 숨겨 둔 여력이 있지 않은가.

"용아."

"예."

용아는 짧게 답했다. 여전히 고개를 숙인 채였다. 백룡은 고르고 고른 바둑알 하나를 바둑판 위에 올렸다.

"서쪽 땅의 왕가나 다름없는 서문가."

한 수가 집을 파훼했다. 백의 생로를 막고 사방 천지

를 사로로 만들어 버렸다.

정파구주 가운데 하나, 서쪽 땅 제일의 재력을 자랑하는 비사문.

그 비사문의 핵심을 이루는 서문가.

"옛날부터 무척이나 거슬리는 말이었지. 그렇지 않느냐?"

용아는 고개를 들었다. 백룡과 시선을 마주하였다. 백룡의 얼굴에 가느다란 미소가 번졌다.

"제 이 계를 실행해라."

용아가 마른침을 삼켰다. 백룡이 덧붙였다.

"본래 계획보다는 다소 빠르지만, 어차피 언젠가는 필요한 일. 차라리 이를 통해 암룡의 이목을 흔들고 일을 진행시켜야겠다."

광룡 혼자만의 생각이 아니었다. 여섯 대주들 간에 이미 이야기가 오간 일이었으며, 광룡의 진정한 주인의 뜻을 받드는 행동이었다.

"명을 받들겠습니다."

예를 표한 용아는 자리에서 일어나 별실을 떠났다. 홀로 남은 광룡은 다시 바둑판을 들여다보았다.

황실의 그림자인 암룡.

그리고 십삼조.

하지만 광룡이 진정으로 두려워하는 것은 오직 하나.

십삼조 일곱의 스승이었던 자. 사라진 지 사십여 년이 지난 지금도 광룡이 움직임을 주저하게 만드는 거인.

백룡은 바둑판을 흐트러트렸다.

◑

십삼조의 일곱은 저마다 스승님에게 그 성격과 자질에 어울리는 기능을 배웠다. 하지만 신조는 언제나 맹저만은 다소 성격과 거리가 있는 기능을 배웠다고 생각했다.

하얀 눈이 하늘에서 쏟아졌다. 온 세상을 하얗게 뒤덮는 눈부심 사이로 신조와 맹저가 마주 서 있었다.

이번에도 꿈이었다. 과거의 기억이었다.

맹저가 은퇴하던 날.

신조는 삐딱하게 서서 오십 년 가까이 함께했던 셋째 누나를 보았다.

같이 늙었다. 곱게 늙어 아직도 젊었을 적의 미색의 흔적이 남아 있긴 했지만, 맹저는 이제 예순이 다 된 노파였다.

하지만 그래도 맹저였다.

신조가 문득 불렀다.

"야."

"너, 야라고 하지 말랬지?"

신조와 맹저는 두 살 터울이었다. 오십 년 가까이 이어 온 신경전은 이제 애정 표현이라고밖에 할 수 없었다.

신조가 볼을 긁적였다. 어울리지 않는 말을 한다는 기분이 들어 저도 모르게 얼굴을 붉혔다.

"나도 은퇴하면…… 꼭 다시 봐. 형이랑 누나들한테도 안부 전해 주고."

은퇴한 암룡 요원은 세상에 묻힌다. 마찬가지로 은퇴하기 전까지는 그들과 직접 대면해서는 안 된다. 간접적인 접촉도 최소화해야만 했다.

십삼조 일곱 중 다섯이 은퇴했다. 그리고 이제 맹저가 은퇴하면 신조는 혼자였다.

맹저의 얼굴에 여러 가지 감정이 동시에 떠올랐다. 은퇴한 오라비들과 언니들을 만날 수 있다는 기쁨과, 신조는 혼자 두고 가야 한다는 애달픔이 한데 섞여 고운 얼굴에 주름을 만들었다.

"그래."

맹저는 결국 여러 말을 늘어놓는 대신 짧게 답했다. 억지로라도 활짝 웃어 주었다.

신조도 따라 웃었다. 언제나 재롱둥이였던 막내답게 장난스럽게 말했다.

"나 은퇴하기 전에 늙어 죽지 마."

"안 죽어. 너나 몸 간수 잘해."

신조는 웃었고, 맹저는 돌아섰다. 새로 쌓인 눈이 떠나가는 맹저의 흔적을 지웠다.

신조는 그 뒷모습을 바라보았다. 어깨에 쌓인 눈을 털어 낼 생각도 않고 오래도록 그 자리에 서 있었다.

☯

신조는 눈을 떴다. 설원이 아닌, 비사문의 별실이었다. 아직 차가운 새벽바람이 창밖에서부터 불어왔다.

고작해야 삼 년 전의 이야기.

"맹저……?"

신조는 저도 모르게 셋째 누나의 이름을 불러 보았다.

☯

"맹저, 마지막으로 할 말은 없나?"

새벽의 끝이었다. 별무리 너머로 아침의 영광이 밝아
왔다.

푸른 초원, 사지 모두에서 피를 쏟은 맹저는 가쁜 숨
을 몰아쉬었다. 누운 자리에서 눈동자만 굴려 자신의
배를 짓밟고 선 남자에게 물었다.

"내가…… 몇 번째지?"

맹저는 남자를 잘 알았다. 광룡의 여섯 대주 가운데
하나인 청룡. 그는 지금 같은 때 거짓을 입에 담을 자
가 아니었다.

이제 서른 중후반이나 됨직한 청룡은 맹저의 기대를
저버리지 않았다. 나약하기 그지없는 그녀를 내려다보
며 말했다.

"뇌호에 이어 두 번째다."

맹저의 얼굴에 두 가지 감정이 교차했다.

슬픔과 안도.

뇌호의 죽음이 맹저의 가슴을 찢었다. 아직 다른 형
제자매들은 살아 있다는 사실이 그녀의 마음을 달래 주
었다.

맹저는 청룡의 차가운 눈을 보았다. 무정했다. 십 년

이상 스승으로 모시던 이를 짓밟고, 그 목숨을 해하려는 지금 이 순간에도 그는 일말의 감정조차 내비추지 않았다.

맹저 자신의 제자, 청룡.

맹저는 웃음을 흘렸다.

"은퇴한 우리를 굳이 광룡까지 나서 가며 노린 이유가 뭐지?"

"너흰 너무 위험하다."

일개 암부라 할 수 없는 강함.

일곱이 뭉친다면 세상 그 어떤 문파의 문주라도 그 목을 내놓아야만 하는 작전 수행 능력.

맹저의 눈이 가늘어졌다.

"따로 노리는 게 있군."

단순히 위험하기 때문에 제거하는 것이 아니었다. 어떤 일에 방해가 될 거라 생각하기 때문에 이제 와서 십삼조를 제거하는 것일 터였다.

청룡은 숨기지 않았다.

"그래, 네 말이 맞다."

광룡이 진정으로 하고자 하는 것.

맹저는 간파했다. 힘없고 허탈한 웃음을 흘렸다.

"제자를 잘못 키웠어."

"그러게."

맹저는 암룡 제일의 술사(術師)였다. 맹저의 제자 청룡은 광룡 제일의 술사가 되었다.

가르친 기간은 십여 년. 단순히 주술만 가르치는 데 그치지 않고 친자식과 같은 애정을 주었다 생각했거늘.

혼자만의 생각이었다. 청룡의 눈은 여전치 차갑기만 했다.

"너희 뜻대로 되지 않아."

청룡의 눈빛이 더욱 차가워졌다. 죽기 직전에 내뱉는 발악에 가까운 헛소리라 생각하는 모양이었다.

"이제 그만 가라."

청룡이 검을 뽑았다. 여명이 밝아 왔다. 햇살의 눈부심에 맹저는 눈을 감지 않았다. 오히려 크게 뜨며 소리쳤다.

"나, 맹저! 암룡 제일의 술사로서 너희 광룡을 얼어붙게 만들 최후의 주술을 펼치나니!"

목소리엔 그 어떤 사이한 힘도 담겨 있지 않았다. 주술을 발현할 때 느껴지는 특유의 감각도 없었다.

하지만 청룡은 순간 얼어붙는 자신을 느꼈다. 검을 휘두르지 못하고 맹저의 다음 말을 기다리고 말았다.

맹저는 키득 웃었다.

광룡이 진정으로 두려워하는 것.

무리를 해서까지 십삼조를 제거하려는 진짜 이유.

아직도 황실을 뒤덮고 있는 '그 사람'의 그림자.

"스승님은…… 살아 계셔."

청룡이 검끝으로 맹저의 심장을 찔렀다. 지금까지처럼 차분하지 않았다. 공포가 야기한 난폭함이 어려 있었다.

맹저는 신음을 삼키며 눈을 감았다. 마지막으로 십삼조의 모두를 떠올려 보았다.

'신조.'

바보 같은 우리 막내.

맹저는 마지막 숨을 토했다.

청룡은 그런 맹저를 내려다보며 숨을 헐떡였다.

맹저가 남긴 마지막 말.

청룡은 이를 악물었다. 과연 그녀는 암룡 제일의 술사였다. 그 최후의 주술은 광룡을 속박하는 두터운 쇠사슬이 되리라.

십삼조의 스승. 그 남자.

청룡은 돌아섰다. 더 이상 맹저를 돌아보지 않았다.

☯

황실 고수들로 구성된 광룡에는 모두 여섯 개의 대가 있었다. 황제의 무력을 대행하는 그들은 각 대마다 오백에 달하는 병력을 운용할 권리를 소유했다. 여섯 대가 모두 합치면 병력이 삼천이니, 이는 황제의 근위병과 필적하는 숫자였다.

근위병들을 총괄하는 대장군부와 광룡은 서로 경쟁하는 사이였다. 황실의 그림자인 암룡은 둘 중 어느 쪽에도 사사로운 힘을 보태지 않았다.

광룡의 여섯 대는 저마다의 색과 특성이 있었다.

백룡이 이끄는 백검대는 이름 그대로 검을 쓰는 무리들이었다.

청룡이 이끄는 청사대는 술자들로 구성되어 있었다.

적룡이 이끄는 적창대는 창수들로, 녹룡이 이끄는 녹궁대는 궁수들로, 황룡이 이끄는 황권대는 권법가들이 주를 이루었다.

하지만 흑룡이 이끄는 흑사대는 달랐다. 흑사대는 광룡의 그림자였다. 밝은 태양 아래 존재하는 광룡이었지만, 흑사대만은 어둠 속에서 암룡과 비슷한 일을 수행하였다.

흑사대 소속 용조는 턱을 괸 상태로 실소했다. 피워

놓은 등불은 동굴의 어두움을 몰아내기에는 충분했지만, 그 한기까지 막아 내지는 못해 차가운 바람이 불었다.

용조가 입술을 비틀었다.

"비사문을 세상에서 지워 버리기라도 하라는 건가?"

"우린 그저 명에 따르면 된다, 용조."

대답한 것은 용조의 눈앞에 선 용아였다. 하지만 실체가 아니었다. 아지랑이처럼 흐릿한 보랏빛 형상은 광룡 최고의 술사 청룡의 지배하에 있는 사령(邪靈)이었다.

용조는 용아의 얼굴을 보았다. 그 표정을 제대로 읽을 수 없을 만치 흐릿한 형상이었지만, 그래도 들여다보았다.

흑사대는 현재 구성원 거의 전부가 암룡의 눈을 속이는 임무에 투입된 상태였다. 때문에 흑사대 소속인 용조가 백검대 소속인 용아에게 명령을 전달받아야 했다.

용조는 그 사실 자체에는 불만이 없었다. 그를 불쾌하게 만든 것은 지지부진하다고밖에 할 수 없는 일의 진행 속도였다.

"나쁘지 않지, 나쁘지 않아. 애당초 십삼조를 제거할 때까지 일을 미루겠다는 생각부터가 이해가 가지 않았어."

백검대와 청사대, 거기에 황권대까지 십삼조 수탐과 말살에 투입되었다. 그럼에도 불구하고 이제 겨우 일곱 가운데 둘을 잡았을 뿐이다.

"암룡은 바보가 아니야. 언제까지 속일 수 없어. 차라리 일을 크게 벌려 정신을 못 차리게 해야지."

용조가 동의를 구하듯 용아에게 턱짓을 했다. 하지만 용아는 여전히 딱딱한 얼굴로 다시 한 번 명령을 상기시킬 뿐이었다.

"용조, 신조의 제자는 죽이지 말고 확보해라. 우린 십삼조를 제거하란 명을 받았다."

"알아, 안다고."

손을 탁탁, 턴 용조는 다시 턱을 괴고 구부정하게 앉았다.

암룡의 전설 십삼조.

그들의 이야기는 용조도 알았다. 그 활약상은 '전설'이란 칭호가 아깝지 않았다. 하지만 그것이 뭐 어쨌다는 말인가.

"은퇴한 암부 따위가 뭐라고."

결국엔 세력 없는 개인에 불과했다. 더욱이 지금은 전부 뿔뿔이 흩어져 있지 않은가.

전설은 옛말에 불과했다. 그들은 이제 전설이 아니었다. 일곱 가운데 가장 어린 신조도 이제 예순이었다. 맏이인 창룡은 일흔을 넘었다. 굳이 지금 제거하지 않아도 흘러가는 시간에 파묻힐 노인들이었다.

"그렇지 않아, 형씨들?"

용조의 물음은 등 뒤를 향했다. 용아는 굳이 용조의 등 너머를 바라보는 대신 용무를 끝마쳤다.

"명은 전했다."

"그래, 청룡 나리께서 만들어 주신 귀한 부적이니까. 이제 몇 장 남지도 않았네."

용아의 형상이 흩어졌다. 보랏빛 사령은 낮은 귀곡성을 흘린 뒤 사그라들었다.

"언제 봐도 신기하단 말이야."

품 안의 부적들을 새삼 돌아본 용조는 히죽 웃었다. 이런 부적을 만드는 것이 가능한 이가 세상에 오직 세 사람뿐이라는 사실에 만족했다.

용조는 자리에서 일어나 천천히 몸을 풀었다. 용조가 그간 수행해 온 명령은 암룡의 눈을 속이는 것이 아니었다. 그것과는 다른 명령. 사람을 관리하는 일. 때가 올 때까지 맹수들을 붙잡아 두는 감시자의 역할.

하지만 그것도 이제 끝났다. 드디어 새로운 명령이

내려왔다. 맹수들을 세상에 풀어놓을 때가 온 것이다.

"가 봅시다, 형씨들. 원수 갚을 시간이야."

용조는 돌아섰다. 빛이 닿지 않는 동굴 깊은 곳에서부터 절그럭거리는 쇳소리와 함께 여럿이 일어서는 소리가 들려왔다.

●

신조가 비사문에서 머문 것도 벌써 열흘이 넘게 지났다. 영주에서 청월까지의 여정이 거짓말이었던 것처럼 아무 일도 없는 평온한 하루하루였다.

비사문은 아직 청월루 사건을 일으킨 마두가 청안독노라는 사실을 발표하지 않았다. 죽은 이들이 하나같이 청월에서 힘깨나 쓰는 가문의 인사들인지라 청월은 아직도 시끄러웠지만, 그 소란이 비사문 내부까지 닿지는 않았다.

신조는 마루에 앉아 이제는 제법 몸 안의 내력을 운용할 줄 알게 된 청조를 보았다. 밝은 달빛 아래, 신이 나서 힘든 줄도 모르고 활짝 웃으며 기를 운용하는 모습이 보기 좋았다.

'스승님도 이러하셨을까?'

신조는 턱을 괴고 수십 년 전 옛날을 떠올려 보았다.

스승님.

이름은 몰랐다. 나이도 몰랐다. 과거에 무얼 했는지 역시 알지 못했다.

검은 머리칼에 검은 눈동자를 가졌지만, 중원인이라는 생각은 들지 않았다.

키가 컸고, 팔다리가 길었다. 육중하지 않고 날렵한, 표범을 연상시키는 몸이었다.

사황오제삼신을 비롯한 여러 고수들을 본 지금 생각해 보아도 스승님의 능력은 굉장했다. 아니, 오히려 세상을 보고 나니 새삼 스승님에 대해 두려운 마음까지 들 정도였다.

이해의 범주를 벗어난 초인.

스승님은 신조 자신을 포함한 십삼조 일곱에게 각기 다른 것들을 가르쳐 주셨다. 하지만 일곱 가운데 그 누구도 스승님의 경지에는 이르지 못했다.

재미있는 것은, 그런 십삼조가 각자의 분야에서 황실 제일이라 불린 것이리라.

완벽한 사람, 만능의 초인.

황실에서 스승님을 가리키는 말이었다. 신조도 동의했다. 하지만 약간 다르게 생각하는 점이 있었다.

"너희 일곱은 이제 모두 형제이며, 자매이며, 남매이다. 나를 포함해 우리 여덟은 한 가족이지."

스승님이 십삼조 일곱과 처음 대면했던 날 하신 말씀이다.

"마음이 맞는다면 너희끼리 사랑을 나누고 아이를 낳고 살아가는 것도 나쁘지 않을 것이다. 중요한 것은 이제 우리가 '가족'이란 사실이다."

십삼조는 모두 죄인의 자식들이었다. 가족이란 개념 자체가 붕괴된 이들이었다.

따뜻한 말. 감동적인 이야기.

하지만 그렇게 느껴지지 않았다. 스승님의 얼굴은 웃고 있었지만, 그 눈에는 차가움 외에 다른 감정을 읽을 수 없었다.

그저 외운 말을 내뱉는다는 느낌.

그때의 그 느낌만은 수십 년이 지나도 지울 수 없었다.

스승님은 경박했다.

신조 자신의 말투가 나이에 어울리지 않게 경박한 이유를 따지자면 팔 할은 스승님의 영향일 터였다.

남자 제자들과 함께 여자 제자들 멱 감는 것을 훔쳐보는 것은 예사였다. 일일이 열거하기도 창피한 짓궂고 유치한 장난들을 참으로 많이도 치던 사람이었다.

스승님은 잘 웃었다. 세상만사가 즐거운 사람처럼 언제나 웃고 있었다.

하지만 신조는 그 웃음을 감정이 담긴 진짜라 생각하기 힘들었다.

스승님은 이해할 수 없는 사람이었다. 도저히 자신과 똑같은 '사람'과 마주하고 있다는 생각을 할 수 없었다.

십삼조 중에서 특히 감이 뛰어났던 신조와 애묘 외에는 이러한 이질감을 느끼지 못했다. 애묘는 오히려 그 이질감 때문에 스승님에게 매료되었다.

"네가 제일 스승님을 닮았어."

애묘가 했던 말.
스승님은 이렇게 말씀하셨다.

"넌 내 여동생을 닮았어. 아, 물론 얼굴 말고 성격이 말이야."

스승님은 신조 자신을 포함한 십삼조가 수련하는 것을 보시면서 어떤 생각을 하셨을까?

신조 자신이 지금 정식 제자도 아닌 청조의 성취를 보며 감출 수 없는 뿌듯함을 느끼는 것과 비슷한 감정을 느끼셨을까?

그렇게 생각하기 힘들었다. 청조를 가르쳐 본 지금은 알 수 있었다. 도철을 비롯한 암룡의 후배들에게서 느꼈던 간지러운 감정들이 '다르다고' 소리쳤다.

스승님과 작별하던 날, 스승님께서는 애달픈 미소를 그리며 말씀하셨다.

"역시…… 예전처럼은 안 되더라. 너흰 내 가족이 될 수 없어."

스승님의 진짜 감정.

아련한 그리움과 죄책감.

하지만 그 감정이 향한 것은 십 년간 기른 십삼조가 아니었다. 스승님이 말씀하셨던 '가족'들을 향한 것이었다.

스승님은 그렇게 떠나셨다. 그리고 다시는 십삼조 앞에 모습을 드러내지 않으셨다.

"대철 님?"

"그래, 같은 동작 다시 한 번 더."

신조는 기계적으로 답했고, 청조는 고개를 갸웃 기울이다가 다시 정해진 순서대로 보법을 내딛기 시작했다.

신조는 고개를 내저었다. 청조 덕분에 현실로 돌아올 수 있었다. 스승님을 생각하는 것만으로도 정신이 어딘가로 빨려 들어가는 기분이었다.

유성이 말했던 아랑으로부터 연락이 올 날이 이제 오일 정도 남았다. 일단은 그 오 일을 기다린다. 너무 안일한 것이 아닌가라는 기분이 자꾸만 들었지만, 다른 형제들의 행방이 안위가 궁금해 미칠 것 같았지만 참고 기다리기로 했다.

상대가 누군지는 알 수 없다.

조직인지, 개인인지, 어느 정도 힘을 가지고 있는지 알 수 있는 것은 아무것도 없었다.

하지만 청월 내에서라면 비사문보다 안전한 곳은 없다.

마음이 조급한 이유는 다른 형제들의 행방을 모르기

때문이 아닐까?

그들도 혹여 공격받고 있는 것이 아닐까 두렵기 때문이 아닐까?

일단은 기다린다. 아랑 형이 자신을 이곳으로 불렀으니 분명 다음 지침 역시 전해 올 것이다.

하지만 이렇다 할 연락이 없다면, 약속된 기일을 넘긴다면…….

'도철에게 연락을 넣는다.'

신조 자신이 알고 있는 암룡과의 접선책은 이미 대부분이 무용지물이 되었을 터이지만, 그래도 육십 평생을 암룡에서 보낸 신조였다. 말년에 특히나 임무를 함께 수행하는 일이 잦았던 도철과 연락할 방안 몇 가지쯤은 준비할 수 있었다.

그러니 기다린다. 일단은 마음을 놓고 대기한다.

청조가 땀을 뻘뻘 흘리며 보법을 밟았다. 신조는 청조에게서 요호와 애묘, 맹저 세 사람을 모두 느꼈다.

그리고 어느 한순간, 신조는 자리에서 벌떡 일어섰다. 단번에 기감을 넓게 퍼트렸다.

"설마."

신조가 비상했다. 기둥과 지붕을 박차 단번에 오 장 이상을 솟구쳐 올랐다.

달이 밝아 별조차 없는 밤하늘 너머,
불꽃을 머금은 화살의 비가 쏟아져 내렸다.

제6막

절기

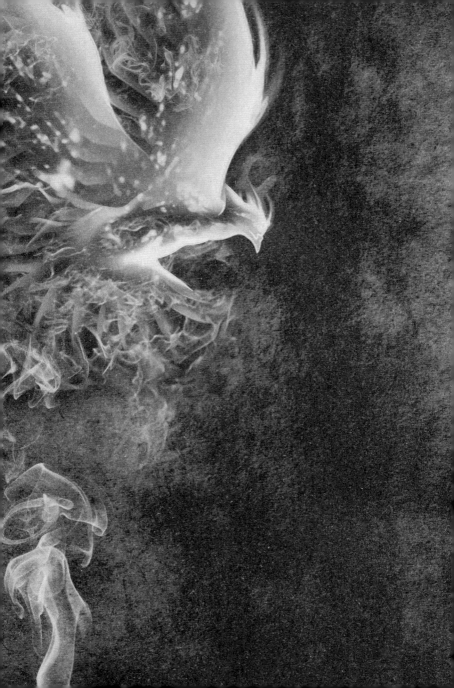

일방통행인 애정은 힘들다고들 말하지만 말이야, 단지 그것만으로도 만족할 수 있지 않을까? 그런 눈으로 보지 마. 나도 자기위안일 뿐인 이야기란 사실 잘 아니까 말이야.

그런 의미에서 넌 스승님과 닮았어. 무슨 뜻인지 모르겠다고? 맹저는…… 아니, 됐다. 신경 쓰지 마.

생각해 보니 나도 딱히 할 말이 아닌 것 같으니까.

너나 나나 스승님이나…… 모두 똑같네.

— 애묘

불화살이 하늘을 뒤덮었다. 얼핏 셈해도 백을 헤아릴 그것들이 눈을 현혹시켰다.

있을 수 없는 일이었다. 이곳은 청월이었다. 정파구주 가운데 하나인 비사문의 본문이었다. 그런 비사문을 친다. 공격한다.

대체 누가? 감히 어떤 조직이?

화살의 비가 호선을 그리는 그 순간, 신조의 머릿속으로 여러 가지 생각이 동시에 펼쳐졌다. 하강하기 시작한 몸을 놀리며 신조는 빠르게 수를 헤아렸다.

비사문 본문에 공격을 가할 정도의 세력이라면 같은 정파구주나 사파칠주 외에는 생각할 수 없었다. 그 외 다른 조직이 공격대를 이루어 공격을 해 봐야 비사문에 이렇다 할 피해를 줄 수 없기 때문이었다.

비사문의 본문이었다. 비사문주를 비롯한 서쪽 땅의 고수들이 득실거리는 이곳이었다.

설마하니 백룡채인가?

생각하기 힘들었다. 정파구주와 사파칠주라 해도 비사문을 공격하기는 힘들었다.

비사문의 위치 때문이었다. 다른 문파들과 달리 비사문은 대도시인 청월 시내에 자리했다. 혈랑마존의 혈겁 이후 서로에 대한 관여를 삼가고 있는 무림과 황실이었지만 성내에서 대규모의 싸움이 벌어진다면 관이 나서지 않을 수 없었다.

즉, 비사문을 공격한다는 것은 관과의 싸움 또한 감수한다는 의미였다.

신조가 바닥에 착지했다. 청조가 멍한 얼굴로 하늘을 보고 있었다. 신조는 입을 벌려 무어라 소리치려 했다. 하지만 소음이 신조의 목소리를 집어삼켰다.

콰앙! 쾅! 쾅!

폭음이 연이어졌다. 천둥을 연상시키는 굉음에 신조가 눈을 부릅떴다.

벽력탄, 화약이었다.

"대, 대철 님?"

청조의 두 눈에 황망함과 공포가 동시에 어려 있었다. 신조는 더 생각하지 않았다. 신형을 날려 청조의 허리를 낚아챈 뒤 재차 발을 놀려 집 안으로 향했다.

신조는 다짜고짜 자신이 머물던 방에 청조를 끌고 들어간 뒤 벽 한 쪽에 세워져 있던 장식장을 밀어냈다. 그대로 벽과 바닥을 몇 번 두드리자 거짓말처럼 바닥이 열려 숨을 공간이 나타났다.

청조의 눈이 다시 커졌다. 신조는 이번에도 설명하는

대신 손을 뻗어 청조를 잡아당겼다. 어른 하나가 겨우 숨을 정도의 공간에 청조를 밀어 넣었다.

서문각이나 유성이 가르쳐 준 비밀 장소가 아니었다. 평소 습관대로 머물 곳을 샅샅이 뒤진 결과 발견한 장소였다. 비사문처럼 오래된 문파라면 이런 종류의 비밀 통로가 없는 편이 더 이상했다.

밖에서 굉음이 이어졌다. 폭음과 비명이 울려 퍼졌다. 신조는 밖을 돌아보지 않았다. 청조의 눈을 똑바로 바라보며 말했다.

"숨어 있어."

딱딱하게 굳은 청조를 머리까지 완전히 밀어 넣었다. 다시 한 번 말했다.

"이곳은 비사문이다. 쳐들어온 놈들이 누군지는 모르겠지만, 곧 진정될 거다. 그러니 그때까지 꼼짝 말고 숨어 있어라."

더는 할 말이 없었다. 신조는 자리에서 일어서려 했다. 청조가 급히 손을 뻗어 그런 신조를 붙잡았다.

"주, 죽지 마세요."

신조는 청조의 눈을 보았다. 요호가 떠올랐다. 벌벌 떨고 있는 청조의 모습에서 엉뚱하게도 늘 당당했던 애묘의 모습을 보았다. 신조는 그런 청조의 뺨을 꼬집었다.

"안 죽어."

씩 웃은 신조는 청조를 다시 밀어 넣은 뒤 비밀 장소의 입구를 봉했다. 한차례 숨을 고른 뒤 집 밖으로 뛰쳐나갔다.

신조는 생각했다.

'둘 가운데 하나.'

신조 자신을 노리고 쳐들어온 무리다.

비사문을 노리고 쳐들어온 무리다.

전자든 후자든 최대한 싸우지 않는다. 신조 자신이 청조에게 말했듯이 이곳은 비사문이었다. 대신 싸워 줄 고수는 얼마든지 있었다.

신조는 암부로서의 자신을 잊지 않았다. 어둠에 묻히듯 소리 없이, 하지만 질풍처럼 담벼락 위로 몸을 날렸다. 은신술을 펼치듯 은밀히 몸을 숨기고 불화살이 날아왔던 서쪽을 보았다.

싸우는 소리가 들려왔다. 폭음과 비명 역시 서쪽에 치우쳐져 있었다.

거리가 너무 멀었다. 소음만으로는 싸움의 규모를 제대로 짐작하기 어려웠다. 접근할 것인가, 아니면 이대로 숨죽이고 정세를 살필 것인가.

'선택지가 없군.'

신조는 서쪽이 아닌 동쪽을 보았다. 지독하기 짝이 없는 살기 여럿이 신조 자신을 향해 밀려왔다.

☯

암부 한 명의 가치는 어느 정도일까?

쓰임에 따라 다르겠지만, 결코 높다 할 수 없을 것이다.

암부는 기본적으로 쓰고 버리는 패에 가까웠다.

암룡의 암부들은 그 양육에 필요한 시간과 비용이 결코 적지 않았다. 정예화된 요원들이었고, 그만큼 가치가 높았다. 하지만 그렇다 할지라도 결국엔 암부였다. 세상에 이름을 드러내지 않는, 그림자 속에서 살아가는 '무기'였다.

천금의 화살이라 하나 결국에는 적을 향해 쏘아 보낼 물건에 불과했다. 암룡 암부란 그와 같았다.

십삼조는 암룡 내에서 특히 가치가 높은 암부였다. 암룡 소속인지라 이름을 드러내진 않았지만, 고금제일마 혈랑마존과도 이름을 나란히 할 수 있을 정도로 고강한 무공을 가졌던 '그 남자'가 길러 낸 유일한 조였다. 그들 하나하나의 가치는 암룡 암부 열 명, 아니, 스무 명 이상이라 할 수 있었다.

하지만 십삼조 역시 암부였다. 더욱이 은퇴한 암부였다.

그 가치를 아무리 높게 잡는다 해도 일문의 장로 이상이 되기는 힘들었다.

그런데 그런 일개 암부를 잡기 위해 정파구주 가운데 하나인 비사문의 본문을 공격한다?

있을 수 없는 일이었다. 가당치도 않은 일이었다.

"아니지, 아니야. 일개가 아니지. 하지만 본인도 아니고 제자 잡자고 이 지랄을 하려니 좀 쑥스럽기는 해."

용조는 제멋대로 떠들며 서쪽을 보았다. 사실 이번 움직임은 '신조의 제자' 하나만을 잡기 위한 것이 아니었다. 광룡이 추진하는 대사를 위한 제 이 계에 포함된 일이었다. 겸사겸사 일타이피를 노린 것뿐이었다.

비사문 서쪽이 시끄러웠다. 시간상 이제 슬슬 비사문의 진짜 고수들도 나설 시간이었다.

"좋지, 좋아. 나쁘지 않지. 그럼 나는 어느 쪽으로 구경을 가야 할까?"

혼잣말이 아니었다. 어둠 속에 몸을 숨긴 이들에게

묻는 것이었다.

하지만 대답은 돌아오지 않았다. 대화를 주고받을 수
있을 정도의 이지를 가진 '실패작'들은 모두 비사문 서
쪽을 치는 데 투입되었다. 용조 곁에 남은 것들은 모두
'충실한 성공작'들뿐이었다. 대답이 돌아올 리 없었다.
그럼에도 불구하고 용조는 다시 입을 열었다.

"아무리 그래도 암부 제자 목보다는 장문인 목 따는
게 더 멋이 나지 않겠어? 셋 중 하나는 동쪽을 지원하
러 가고, 둘은 날 따라와."

용조가 손가락을 놀렸다. 팔목의 피리에서 소리 없는
파장이 퍼졌고, 은신해 있던 무리 가운데 일부가 동쪽
을 향해 신형을 날렸다.

천마회(千魔會).

황실의 뇌옥에 갇혀 있던 마두들. 광룡이 직접 기른
마인들.

용조는 입술을 핥았다. 싸움이 한창인 서쪽으로 향했
다.

●

신조는 쏟아지는 살기를 맞으며 생각했다.

어떻게 할 것인가.

맞서 싸우는 것은 하책이다. 상대는 여럿이고, 이곳은 비사문 안이다. 제압해 뒤를 캐기에는 위험요소가 컸다. 대신 싸워 줄 이들이 얼마든지 있었다. 그러니 도망친다. 싸움터를 옮긴다. 적당히 쫓아올 수 있을 속도로 도망쳐 싸움이 한창일 서쪽에 합류한다. 비사문의 고수들과 함께 놈들을 제압한다.

'뜻대로 쫓아와 줄지가 의문이지만.'

신조의 경공은 암룡제일이었다. 환골탈태를 이룬 지금에 와서는 천하에 다섯 손가락 안에 들어간다 해도 과언이 아닐 터였다. 마음먹고 도망치면 절대 잡히지 않는다. 신조는 몸을 일으켜 세웠다. 이제는 눈으로도 확인할 수 있는 살기의 주인 셋을 똑바로 노려보며 지붕을 박찼다.

셋 모두 검은 옷을 입고 있었다. 얼굴까지 가려 보이는 것은 눈뿐이었지만, 육신의 곡선만으로도 모두가 남자라는 사실을 짐작할 수 있었다.

신조는 서쪽에 마음을 두었다. 하지만 정작 육신은 동쪽으로 날렸다.

욕지기를 토할 시간도 없었다. 흑의인 셋 가운데 하나가 청조가 숨어 있는 집을 향해 벽력탄 하나를 집어

던졌다.

사과 한 알 크기인 벽력탄이었지만 터지면 능히 집한 채를 불살라 버리고도 남을 터였다. 신조는 쏜살같이 날아 허공에서 몸을 비틀었다. 족구 놀이를 하듯 날아오는 벽력탄을 높이 차올렸다.

허공에서 폭발했다. 대기를 타고 퍼진 충격이 주변을 진감시켰다. 가까스로 지붕 위에 자리한 신조는 압도적인 광량에 눈살을 찌푸렸다. 마비된 청각과 망가진 시각 대신 기감이 말해 주고 있었다.

'포위당했다.'

제법 넓은 지붕 위 모서리에 흑의인 셋이 자리했다. 둘은 도끼를 들었고, 하나는 양쪽 손등에 조 하나씩을 찼다.

하나하나가 무시할 수 없는 강자들이었다. 신조는 앉은 자세 그대로 허리춤의 검 손잡이를 움켜쥐었다.

비사문 습격.

신조 자신을 노렸다고밖에 볼 수 없는 자들의 급습. 이해할 수 없었다.

신조 자신에게 이 정도 가치가 있단 말인가?

비사문 본문을 공격할 정도로?

더욱이 저들은 지금 자신을 신조가 아닌 신조의 제자

쯤으로 여기고 있을 터였다.

"싸우기 전에 누군지나 알자. 누구냐, 니들."

신조가 되는대로 말했다. 대답이 돌아오지 않을 것이란 것은 잘 알았다.

'싸우면서 서쪽으로 유도한다.'

결정한 순간, 신조가 움직였다. 지붕을 박차 서쪽으로 과감히 몸을 날렸다. 흑의인들 역시 움직였다. 그중 신조의 정면에 있던 자는 연달아 지붕을 박차 신조의 품으로 파고들었다.

양손에 하나씩 나눠 쥔 조가 기괴한 궤도를 그리며 신조의 가슴을 노렸다. 소용돌이치듯 밀려오는 조의 연격은 쉬이 쳐 낼 수 있는 것이 아니었다. 하지만 신조는 조의 궤적과 거의 동일하게 검을 휘둘러 흑의인의 공격을 밀어냈다. 추락하던 중 몸을 회전시켜 담벼락을 박차 다시 비상했다.

'흉조수?!'

십 년 전, 맹저와 함께 잡았던 마두. 분명 그의 무공이었다. 처음 대적했을 때 저 기묘한 조의 궤적을 읽어 내지 못해 가슴이 다 헤집어졌던 기억이 뇌리를 스쳤다.

츠카카카칵!

대기가 찢어지며 이번에는 두 자루 도끼가 허공을 갈랐다. 자루 끝에 달린 줄을 이용해 변화무쌍한 궤도를 그리는 것이 흉악하기 그지없었다.

신조는 저것 또한 알고 있었다. 하나는 피하고 다른 하나는 검으로 흘려보내며 경악을 삼켰다.

'남북쌍괴는 아냐, 하지만 그들의 무공이다!'

삼십 년 전, 뇌호와 호흡을 맞추어 상대했던 노괴들. 신조 자신이 그 목숨을 직접 거두었기에 확신할 수 있었다.

'청안독노 놈도 그렇고, 이게 대체……?'

생각할 틈이 없었다. 다시 흉조수가 치고 들어왔다. 제아무리 경공에 뛰어난 신조라지만 결국엔 새가 아닌 사람이었다. 허공답보의 경지에는 이르지 못했기에 풀잎 하나일지라도 발을 딛을 곳이 필요했다. 공중에서의 방향 전환 또한 지상에서처럼 자유롭지 못했다.

흉조수가 집요하게 파고들고, 두 자루 도끼가 흉조수와 신조를 동시에 절단하겠다는 듯이 몰아치니 상대하기 여간 까다로운 것이 아니었다.

하지만 신조는 당황하지 않았다. 과거에 처리한 마두들의 무공을 이은 자들이 눈앞에서 자신의 목숨을 노리고 있다는 사실은 머릿속에서 지워 버렸다. 오로지 죽여야 할 적을 상대하고 있다는 사실만을 명시했다.

신조의 눈이 차가워졌다. 뇌호가 분석했던 남북쌍괴의 모든 것들을 머릿속에 되새겼다. 직접 파훼했던 홍조수 무공을 기억해 그 허점을 찾았다.

신조의 시선은 신조 자신을 중심으로 하여 앞과 뒤의 적 사이에 있었지만, 그 의식은 그러하지 않았다. 위에서 지켜보았다. 자신 스스로도 객관화하여 모든 것을 의식 속에서 조망하였다.

신조의 재능이었다. 압도적인 공간지각 능력이 이것을 가능하게 하였다. 경험이 그 빈틈과 사각을 메워 주었다.

화려함은 없었다. 신조의 무공, 아니, 살인술은 오로지 실용성만을 추구하였다.

허공에서 병장기들이 엮였다. 홍조수는 신조에게 파고들었고, 신조 또한 홍조수에게 파고들었다. 초근거리에서 난타전은 벌어지지 않았다. 단 한 번 검과 조과 엮이고 떨어진 그 틈바구니 사이, 홍조수의 가슴에 비수 하나가 꽂혔다. 단번에 폐를 가르고 심장을 헤집은 비수는 홍조수의 생을 빠르고 정확하게 끊었다.

신조는 홍조수의 눈을 보지 않았다. 스스로도 자각하지 못할 어느 틈바구니 속에 비수를 꽂아 넣은 순간,

신조는 흉조수로부터 관심을 끊었다.

신조의 머릿속에 두 개의 궤적이 그려졌다. 가늘고 긴 끈에 연결된 두 자루 도끼였다. 그 움직음은 호화롭고 현란했지만, 아무리 그렇다 한들 결국엔 눈을 속이는 허상에 불과했다. 도끼는 각기 하나에 불과했다.

흉조수의 시신을 박차고 다시 한 번 비상했다. 환공탈태 이후 상승한 내력 덕분에 할 수 있는 재주였다.

도끼 한 자루를 회피했다. 다른 도끼 한 자루를 향해서는 오히려 몸을 날렸다. 날아오는 도끼날을 똑바로 보고 몸을 굴렸다. 도끼날 위에 손을 짚어 다시 한 번 몸을 튕겨 올렸다.

실로 창공을 누비는 새와 같았다.

신조는 검을 던졌다. 비검은 정확히 날아 도끼를 휘두르던 남북쌍괴 가운데 하나의 미간을 꿰뚫었다. 신조가 몸을 날리는 와중에 던진 것인지라 놈은 피할 재간이 없었다.

신조가 지면에 착지하자마자 다시 도약했다. 마지막 하나를 치는 대신 서쪽으로 치달렸다. 새로운 살의들이 느껴졌기 때문이다.

수가 적지 않았다. 새로이 몰려온 자들만 열을 헤아렸다. 그들 하나하나가 방금 상대한 이들과 대등한 실력이라면 아무리 신조라도 버텨 낼 재간이 없었다.

신조는 무인이기 앞서 암부였다. 싸움 도중에 몸을 빼내는 것에 그 어떤 거리낌도 없었다. 새로이 드러난 흑의인들이 신조를 쫓았다.

서문각은 정신이 혼미했다. 강호 출행 이후 몇 번이나 실전을 경험해 보았지만 지금 같은 전투는 단 한 번도 없었다.

난전이었다. 벽력탄이 터지면서 퍼진 황색 연기가 주변 전부를 뒤덮었다. 시야를 차단할 정도는 아니었지만 연기 자체에 독소가 있는지 대부분의 일반 문도들은 몸을 제대로 가누지 못했다. 서문각 자신도 간신히 버티고 있는 정도였다.

사방에서 피바람이 일었다. 불화살과 벽력탄이 휩쓸고 지나간 자리를 흑의인들이 메웠다. 숫자가 많은 것 같지는 않았지만 어둠과 황색 연기 사이에서 정신없이 몰아치니 그 수가 배는 더 많아 보였다. 더욱이 하나하나가 쉬이 상대할 수 없는 강자들이었다. 삼룡사봉 가운데 하나인 창천비룡이라 불리는 서문각조차도 독소 때문이라고는 하나 겨우 한 명을 맞상대할 정도였다.

"커억!"

가슴을 격타당한 서문각이 왈칵 피를 쏟으며 뒤로 물러섰다. 상대하던 흑의인은 재차 진각을 밟아 서문각을 쫓았다. 사슬이 엮인 두 주먹을 다시 한 번 꽂아 넣었다.

"오라버니!"

서문지혜가 비명을 질렀다. 서문각이 엉망으로 바닥을 나뒹굴었고, 검붉은 피가 다시 한 번 허공을 갈랐다.

"노옴!"

서문각과 서문지혜에게는 사숙뻘에 해당하는 고수 하나가 노성을 토하며 흑의인에게 달려들었다. 서문지혜는 허둥지둥 서문각에게 달려갔다.

"오라버니! 오라버니!"

서문각은 제대로 대꾸하지 못했다. 가슴을 격타당해 숨을 제대로 쉴 수 없었다. 시야는 어지러웠고, 생각을 이어 가기 힘들었다.

서문지혜는 이를 악물고 손을 놀려 서문각의 혈을 짚었다. 비검과 권과 각, 의술로 이름 높은 비사문이었다. 응급처치를 끝내자마자 서문지혜는 서문각을 질질 끌어서라도 자리를 피하고자 했다.

내원 쪽에서 서문가의 고수들이 속속 모습을 드러내고 있었지만, 흑의인들도 하나둘 숫자가 늘었다. 더욱이 고수들이 도착하는 숫자보다 버티고 있던 자들이 쓰러지는 속도가 더 빨랐다. 일반 문도들은 정체를 알 수 없는 독무 때문에 거의 도움이 되지 않았으니 수적으로 우위를 점할 수도 없었다.

'산공독은 아니야!'

서문지혜는 숨을 헐떡이며 서문각을 옮겼다. 멀리 가지도 못하고 정원 수풀에 쓰러지듯 몸을 기댔다. 내공은 운용할 수 있었지만, 그보다는 몸이 문제였다. 머리가 어지럽고 손발을 놀리기가 힘들었다. 다리가 천 근처럼 무거웠고 시야가 흐릿했다.

호흡을 통해 몸에 번지는, 참으로 노골적인 독이었다. 하지만 난전 중이다 보니 저항할 방도가 없었다.

서문지혜는 서문각의 가슴 위에 쓰러졌다. 숨이 가빴다. 온몸에서 식은땀이 흘렀다.

흑의인들이 점차 우위를 점했다. 독에 의해 약화된 서문가의 고수들이 하나둘 무력하게 쓰러져 갔다.

벽력탄의 폭발음이 멈추지 않았다. 비사문 서쪽을 완전히 초토화시키겠다는 듯 굉음이 끝없이 이어졌다.

이대로 죽는 걸까?

이토록 허망하게 무너지는 걸까?

서문지혜는 눈을 감지 않았다. 이제는 손가락 하나

제대로 움직일 수 없었지만, 두 눈을 부릅떴다.

기다리고 기다리던 목소리가 들려왔다.

"네 이놈들!"

비사문주 서문용천!

자색 무복으로 전신을 감싼 그가 비호처럼 허공으로 뛰어올랐다. 양손을 휘둘러 작고 가느다란 비침의 비를 뿌렸다.

그 수가 수십을 헤아렸지만, 그 궤적은 무섭도록 정확했다. 비사문도가 아닌 흑의인들만을 노렸고, 거기서 끝이 아니었다.

콰가가강!

천둥소리와 함께 흑의인 하나가 태도에 두 쪽이 났다. 비사문 장로 가운데 괴력으로 유명한 비사문주의 아우 벽력태도 서문호천이었다. 내원 깊은 곳에 거처를 둔 장로들 또한 참전했다. 그 수는 열이 채 되지 못했지만, 싸움의 행방을 뒤집을 힘을 갖추고 있었다.

서문지혜의 얼굴에 엷게나마 미소가 그려졌다. 이제는 안심하고 의식을 잃을 수 있을 것 같았다. 하지만 그런 서문지혜의 귓가에 또 다른 목소리가 들렸다.

"과연 비사문. 아니, 서문가."

유들유들하면서 불쾌감이 드는 목소리였다. 목소리의 주인은 서문지혜와 서문각에게 시선을 주지 않았다. 그들 옆을 지나며 말을 이었다.

"천마회(千魔會)의 이름을 세상에 알릴 신호탄으로 삼기에 참으로 좋구나."

남자였다. 얼굴에는 붉은 바탕에 하얀색으로 귀신을 그린 가면을 쓰고 있었다. 흑의를 입은 그는 혼자가 아니었다. 마찬가지로 서로 다른 형상의 귀신 가면을 쓴 자들이 줄지어 나타났다. 지금까지 나타났던 흑의인들과는 그 느낌부터가 달랐다.

'천…… 마회……?'

처음 듣는 이름이었다. 서문지혜가 헐떡이며 눈동자나마 굴려 다시 한 번 흑의인들을 보았다.

하얀 귀신 가면의 남자, 용조는 그런 서문지혜를 돌아보았다. 장난치듯 손짓해 흑의인들을 돌진시킨 뒤 서문지혜와 서문각에게 다가갔다.

"백미요화? 밑에는 창천비룡인가?"

서문지혜는 눈에 힘을 줘 용조를 노려보았다. 그것이 그녀가 할 수 있는 최대한의 저항이었다. 용조는 가면 속에서 웃었다. 손가락 하나 까딱하지 못하는 주에게 독기를 세우는 서문지혜에게서 앙칼진 고양이를 떠올렸다. 그 턱을 어루만지며 낄낄거렸다.

"소문대로 예쁘네. 밑에 깔고 놀아 줄 보람이 있겠
어."

서문지혜의 눈매가 더욱 날카로워졌지만, 용조는 신
경 쓰지 않았다. 느긋하게 걸어 서문각 위에 엎드린 서
문지혜의 허리를 깔고 앉았다. 서문지혜의 엉덩이를 제
멋대로 두드리며 말했다.

"일단 보자고. 비사문이 우리 천마회에 망하는 꼬락
서니를"

비사문주 서문용천과 그 아우 서문호천이 나타나며
뒤집어졌던 전세는 가면을 쓴 흑의인들의 등장으로 다
시 한 번 반전했다.

"이 안개는 말이야, 사실 별거 아니야. 너 같은 하수
들이나 죽을 동 살 동이지, 저기 늙다리들한테는 그저 평
소보다 불편한 느낌…… 이라고 하면 너무 과소평가고,
아무튼 거동이 좀 힘들어지는 정도란 말이지."

가면을 쓴 흑의인들이 비사문 고수들을 거칠게 몰아
붙였다. 용조는 서문지혜의 엉덩이를 더듬던 손을 천천
히 아래로 내렸다. 서문지혜는 수치심과 분노에 비명을
지르고 싶었지만, 몸을 조금 꿈틀거리는 것이 할 수 있

는 전부였다.

"그런데 말이야, 저 가면 쓴 우리 천마회의 마인들도 보통이 아니거든."

독에 의해 약화된 장로들은 가면 쓴 무리 하나에서 둘을 상대하기 벅찼다. 서문용천과 서문호천 또한 흑의인 셋이 달려드니 완전히 수세에 몰리고 말았다.

용조의 손이 서문지혜의 음부에 닿았다. 옷감 너머로 느껴지는 손길이었지만 서문지혜는 굴욕감에 몸을 떨었다. 용조는 그 작은 떨림을 만끽했다. 낄낄거리며 조금 더 손을 놀렸다.

천마회라 이름 붙인 조직의 무리들은 광룡이 지난 수십 년 세월 동안 길러 온 숨은 여력이었다. 황실 뇌옥에 가두어 두었던 마인들을 세뇌해 꼭두각시로 삼았고, 비밀리에 끌어모은 기재들에게 마두들의 무공을 익히게 만들었다. 하나하나가 세상을 시끄럽게 한 마두들과 동등했으니, 제아무리 정파구주 가운데 하나인 비사문의 고수들이라 해도 그 목숨이 위험할 수밖에 없었다. 더욱이 독이 퍼져 전력을 다하지 못하는 상태이지 않은가.

"그 정도 불편함이라면 충분하지."

용조는 가면 속에서 입술을 핥았다. 다시 한 번 몸을

떠는 서문지혜의 위에서 기꺼운 웃음을 참지 않았다.

기형검과 기형도가 서문용천의 양옆을 노렸다. 정면
에서는 거대한 망치를 든 흑의인이 벼락처럼 달려들었
다.

하나하나가 무시 못할 고수였다. 더욱이 몸에 퍼진
독이 서문용천의 움직임을 한 박자씩 늦게 만들었다.
점점 더 상대하기가 힘들었다. 통상 이 정도의 독이라
면 내공으로 밀어낼 수 있어야 함에도 불구하고 그럴
수가 없었다. 서문용천의 몸에 잔 상처가 늘었다. 단
한 번이라도 공격을 허용하면 뒤를 장담할 수 없는 정
면의 망치만은 어떻게든 피하거나 막아 냈지만 양옆에
서 날아드는 기형검과 기형검에 조금씩조금씩 잔 상처
를 허용했다.

비사문의 최고수인 서문용천이 이런 상황이니 다른
고수들은 말할 것도 없었다.

"크윽!"

서문용천이 신음을 삼켰다. 날카로운 기형도가 왼팔
을 깊게 베었다. 그 대가로 가면 쓴 흑의인은 머리가
박살 났지만, 아직 기형검과 망치가 남아 있었다. 정
면에서 쏟아지는 망치를 급히 발을 놀려 피한 서문용
천이었지만, 그 회피 동작을 노리고 찔러 오는 기형검

을 막아 낼 방도가 없었다. 서문용천은 기형검을 똑바로 보았다. 어떻게든 생명을 부지하기 위해 몸을 비틀었다.

기형검은 서문용천에게 닿지 않았다. 가면 쓴 흑의인의 몸뚱어리와 함께 허무하게 무너졌다. 가면 한가운데비수가 하나 박혀 있었다. 서문용천은 몸을 마저 비틀어 지면을 박차 망치를 든 흑의인과 거리를 벌렸다. 그리고 그 빈 공간에 푸른 궤적이 휘몰아쳤다.

'창건역사!'

광룡의 수치. 십오 년 전, 같은 광룡 열둘을 죽이고도망쳤던 남자. 본인인지, 단지 그의 무공을 이은 자인지 알 수 없었지만, 신조는 신경 쓰지 않았다. 오로지그의 망치만을 보았다.

머릿속에 망치의 궤적이 그려졌다. 일직선이 아니었다. 창건역사의 망치는 직선을 가장한 사선으로 몰아쳐상대를 뭉개기 마련이었다. 신조가 움직였다. 반 발자국 옆으로 비켜서서 찰나를 보았다. 망치가 신조의 어깨 옆, 머리카락 몇 올 사이를 지나 지면에 꽂혔다. 그리고 바로 그 순간, 신조가 진각을 밟았다. 비수 대신일권을 창건역사의 심장에 꽂아 넣었다.

촌경. 피할 수 없는 일격이 창건역사의 가슴을 헤집

었다. 신조의 내력이 창건역사의 심장을 파괴했다.

창건역사가 무너졌다. 신조는 기감을 넓게 펼쳤다. 자신을 쫓아 달려온 흑의인 열이 허공을 갈랐다. 신조는 시선을 돌려 그들을 보았다. 서문용천이 허공을 향해 양손을 휘둘렀다. 비검 열이 정확히 흑의인들을 향해 맹진했다. 내력이 가득 담겨 쉬이 쳐 낼 수도 없는 그것들이 흑의인들을 꿰뚫었다. 정확히 노렸던 머리를 박살 내 놓은 것은 둘뿐이었지만, 나머지 여덟도 어깨나 무릎 등 중요한 부위가 상했다.

신조는 눈동자를 굴렸다. 흑의인들의 무장과 움직임들을 보았다. 전부는 아닐지라도 절반 이상이 눈에 익은 것들이었다.

지면에 착지한 흑의인들이 부상을 무시하고 신조와 서문용천에게 달려들었다. 신조는 서문용천에게 달려드는 흑의인들은 무시하였다. 다시 한 번 비수를 뽑아 들어 역수로 쥐었다. 마주치고 달리며 다시 한 번 궤적을 읽었다.

용조는 신조의 싸움을 보았다. 서문지혜를 희롱하는 것도 잊고 오로지 신조만을 보았다.

바람이었다. 질풍같이 몰아침에도 화려함을 느낄 수 없었다. 절제된 움직임이었다. 필요한 순간의 단 일

수.

흑의인들이 무너져 갔다. 주변을 자욱이 메운 독무도 신조에게는 아무 소용이 없는 것 같았다.

용조는 자리에서 일어섰다. 손을 들어 다시 한 번 손목의 피리를 작동시켰다. 청각으로는 쉬이 감지할 수 없는 낮은 소리가 대기를 통해 전파되었다. 흑의인들이 각자의 싸움을 멈추고 용조의 곁에 모여들었다.

흑의인의 수는 모두 스물이었다. 죽고 다친 이가 이제 겨우 열 명 남짓이었다.

가장 정면에서 싸운 신조는 비사문의 고수들을 등지고 선 셈이 되었다. 용조는 비사문주 서문용천이 아닌 신조를 보았다. 가면 속에서 헛웃음을 터트렸다.

"너, 제자가 아니구나."

비사문의 제자 운운이 아니었다.

신조의 제자가 아니다.

신조 본인이다.

이제야 이해가 되었다. 청안독노가 왜 그리 쉽게 죽었는지, 어째서 영주에서 청월까지 가는 여정 중에 그 그림자조차 밟을 수 없었는지.

암룡의 전설, 십삼조의 신조!

용조는 피가 끓었다. 가면 속에서 입술을 핥으며 기

꺼움을 감추지 않았다. 용조의 전신에서 기세가 피어올랐다.

신조는 허리를 곧게 펴며 물었다.

"누구냐?"

"천마회. 그 이상은 알 거 없고, 죽어."

용조가 손을 휘두른 순간, 흑의인들이 다시 돌진했다. 가장 마지막까지 서 있던 용조는 한데 어울린 흑의인들과 비사문의 고수들, 신조를 향해 벽력탄을 집어던졌다.

흑의인들은 벽력탄을 신경 쓰지 않았다. 신조와 비사문의 고수들은 모두 벽력탄에 집중하지 않을 수 없었다. 저마다 발이나 손을 놀려 벽력탄을 허공 높이 쳐올렸다.

콰가가가가가강!

하늘이 부서졌다. 어마어마한 굉음이 모두의 청각을 마비시켰다. 빛이 눈을 멀게 했고, 충격파가 지면을 뒤덮었다.

벽력탄을 던진 직후 눈을 감고 귀를 막았던 용조가 돌진했다. 흑의인들을 앞서 신조에게 똑바로 찔러 들어갔다.

신조는 기감으로 그런 용조를 감지했다. 몸을 회전시

켜 용조의 직선 공격을 피했다. 가늘게 뜬 눈으로 무장을 확인했다. 단검이었다. 용조 역시 신조를 쫓듯 몸을 회전시켰다. 그리고 흑의인들이 사방에서 신조를 덮쳤다.

신조의 뇌리에 다섯 개의 궤적이 그려졌다. 그 모두를 피하거나 막을 수는 없었다. 개중 몇에는 몸을 내주어야만 했다.

신조는 용조를 보았다.

용조도 신조를 보았다.

가면에 얼굴을 가린 용조인지라 그 입술을 볼 수 없었지만, 신조는 용조가 무어라 속삭이는지 알았다.

'죽어.'

신조는 용조의 것을 피했다. 파고드는 용조에게 오히려 몸을 던지며 옆으로 비켜 지났다. 용조의 비수가 신조의 팔을 스쳤다. 신조의 비수가 용조의 허리를 베었다. 하늘에서 쏟아진 검 두 자루가 신조의 등을 찔렀고, 두 자루 도 가운데 하나가 신조의 허벅지를 스쳤다. 나머지 하나는 허공을 갈랐다.

허리를 베인 용조는 신음을 삼키며 재빨리 혈을 짚어 출혈을 막았다. 돌아서서 신조를 보았다. 등을 찔린 신조는 바닥에 쓰러져 있었다. 하지만 죽을 정도로 피를

흘리고 있지 않았다. 당장에라도 일어나 다시 한 번 질
풍처럼 휘몰아칠 것만 같았다.

"약해졌을 때, 제대로 몸을 가눌 수 없을 때. 적은 죽일
수 있을 때 죽여야 한다."

용조가 기억하는 신조의 유일한 가르침이었다. 흑사
대에 배정받기 전, 광룡에 처음 입대해 무공을 배울 때
들은 이야기였다.
용조는 양손을 놀렸다. 다시 한 번 피리가 작동했다.
협공을 펼쳤던 흑의인 넷이 쓰러진 신조를 향해 달려들
었다.

"내가 이 땅에서 만났던 자들 가운데 가장 강했던 자
는 번개의 용이었다."
시간이 정지했다.
한없이 길어진 찰나 속에 스승님의 목소리가 들렸다.
이것 역시 주마등일까?
그렇지 않았다. 등을 찔리고 허벅지를 베였지만 상처

는 깊지 않았다. 이 정도 상처로는 죽지 않는다. 균형
이 무너져 쓰러지긴 했지만, 그뿐이었다.

하지만 이대로는 싸워도 이길 수 없다. 도망치는 것
외의 생로가 머릿속에 그려지지 않았다.

"비유적인 표현이다. 그런 그가 사용하던 최강의 기
술. 분명 폭룡아(暴龍牙)…… 였던가? 그래, 울부짖는
폭뢰(爆雷), 뇌룡(雷龍)의 이빨……."

스승님은 언제나처럼 엷게 미소 짓고 계셨지만, 그
눈은 아니었다. 세상 모든 것을 우습게 여기는 스승님
의 두 눈도 그때 그 순간만큼은 진지함을 담고 있었
다.

언제일까?

스무 살 무렵, 스승님이 떠나시기 이전의 몇 달.

"그래서 나는 이 기술을…… 이 무공을 만들어 보았
다. 이국의 신화에는 이런 이야기들이 있거든."

이국의 신화, 전설.

중원 밖의 세상, 그곳의 이야기.

"용을 잡아먹고 사는 신조 가루라와…… 스스로 일
으킨 불꽃 속에서 재생하는 영원불멸의 새, 불사조."

죽음을 극복하고 비상하는 불사조.

불사의 신조.

"배워 봐라, 그리고 펼쳐 봐라."

그날 배운 것,

그날 이후 단 한 번도 펼칠 수 없던 무공.

스승님은 엷게 웃으셨다.

"이것이, 네게 전수하는 너만의 절기이다."

●

시간이 다시 흘렀다.

찰나는 끝나 다음 순간이 이어졌다.

절기.

"진짜 비기는 위험한 순간에 사용해야 제 맛이지 않을까?"

제멋대로 떠들었던 애묘.

신조는 입술을 벌렸다. 이제는 등 바로 뒤까지 치달은 흑의인들을 느끼며 속삭였다.

"비상하라…… 신조(神鳥)."

스승님의 무예.

신조 자신이 물려받은 절기.

264 불사신조

불사신조(不死神鳥) 제일식.

홍염(紅焰).

어둠을 닮은 흑의인들 사이.
진홍의 겁화가 피어올랐다.

외전

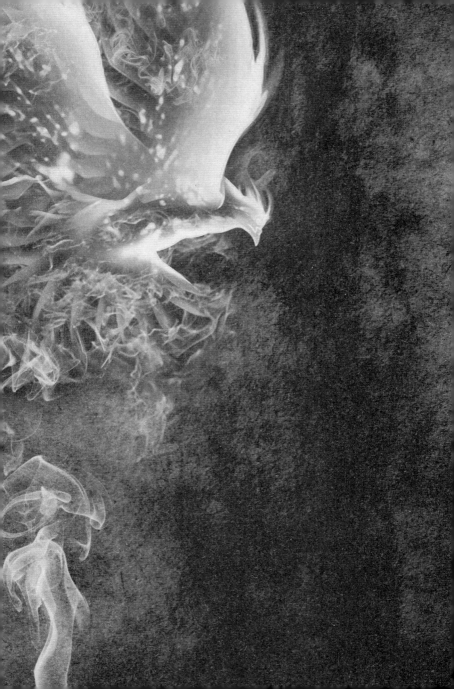

굳이 내 죄를 따진다면 태어난 것이겠지.

◐

역모를 꾀한 죄인의 구족을 멸한 것은 '필요'에 의해
서였다.

그것은 잠재적인 반역자들에 대한 경고였고, 동시에
혹시나 남아 있을지도 모를 반역의 무리에 대한 발본색
원이었다.

'국가'가 등장한 이후 많은 반역자가 있었고, 그중
극소수만이 성공했다. 그리고 그랬기에 그만큼 많은 실

패자들과 그 일족이 죽임을 당했다.

어느 날 누군가가 생각했다.

"아깝지 않은가."

사람은 쓸모가 많았다.

산목숨이란 어디든지 쓸데가 있는 법이었다.

노동력이 없어 쓸모가 없는 노인이나, 딴생각을 품을 수 있어 위험한 장성한 자들과 달리 어린아이들은 그 쓸모가 무궁무진하다 해도 과언이 아니었다.

남자아이로부터 노동력을 갈취할 수 있었다.

여자아이로부터는 노동력뿐만 아니라 색 또한 취할 수 있었다.

형식적인 형을 집행하고 어린아이들을 빼돌렸다. 마치 실험을 하듯 이런저런 방식으로 육성해 보았다.

초대 암왕은 황제의 사촌 동생이었다. 그는 가려 뽑은 죄인의 자식들을 첩보와 살행에 쓸 암부로 키워 냈다.

꽤나 성과가 있었기에 이 같은 행동은 반복되었고, 급기야 '암룡'이라는 조직이 탄생하기에 이르렀다.

☯

아이는 이름을 잊었다. 영이라고 불리던 시절이 있었지만, 그 이름은 더 이상 쓸 수 없게 되었다.

아이는 과거를 제대로 기억하지 못했다. 어머니 품에 안겨 잠들었던 따스한 추억 하나가 유일한 기억이었다.

아이의 세상에는 오로지 훈련생과 교관, 두 종류의 사람만이 존재했다.

훈련생들은 남녀를 가리지 않고 함께 지냈다. 성별에 따른 차이는 존재하지 않았다. 모든 훈련생들은 번호로 불렸고, 달에 한두 명씩은 훈련 중에 죽거나 어딘가로 끌려갔다.

고된 훈련 때문에 아이들은 늘 지쳐 있었고, 언제 누가 사라질지 모르니 서로에게 정을 붙이는 것도 꺼렸다.

매일같이 울던 아이, 사십육호는 언제부턴가 울지 않게 되었다. 딱히 살아남겠다는 의지가 강한 것은 아니었지만 주어진 훈련을 착실히 수행했다.

교관들이 아이들에게 가르친 것은 '싸우는 법'이었다. 내공심법과 무공을 배우기는 했지만, 아이들은 전통적인 무인과는 거리가 멀었다.

교관들은 남자도 있었고, 여자도 있었다. 얼굴을 가리고 죄다 똑같은 옷을 입고 있었지만, 그 정도는 훈련생들도 알 수 있었다.

대부분의 훈련생들은 교관들을 두려워했다. 교관들은 훈련생들에게 가혹했다. 낙오한 훈련생들은 예외 없이 모두 다 교관들에게 살해당했다.

사십육호는 자신의 나이를 몰랐다. 아니, 나이를 따진다는 개념조차 없었다.

훈련을 받기 시작한 지 대체 몇 년이 지났을까?

훈련을 마치고 숙소로 돌아가던 사십육호를 교관들이 불러 세웠다.

사십육호는 이제 자신이 죽을 것이라 생각했다. 하지만 묘하게도 그다지 두렵지 않았다. 오히려 홀가분한 기분까지 들었다. 때문에 사십육호는 언제나와 같이 담담하게 교관들의 명에 따랐고, 그런 사십육호의 모습에 교관들은 저들끼리 고개를 끄덕이며 눈빛을 교환했다.

교관들은 훈련장을 나와 먼 곳까지 나아갔다. 처음 훈련장에 들어온 날 이후 단 한 번도 훈련장을 나가 본 적이 없는 사십육호였기에 저도 모르게 가슴이 뛰었다. 이러니저러니 해도 아직 열 살 정도밖에 되지 않은 사십육호였다.

멀리 나가서 죽이려는 것일까, 아니면 무언가 다른 일을 시키려는 것일까?

전자밖에 생각하지 못하던 머릿속에 점점 더 후자가 차지하는 비중이 커져 갔다.

그리고 그렇게 반 시진 가까이를 걸어갔을까.

산중 깊은 곳에 자리한 산장 앞에 멈춰 선 교관들은 산장을 손으로 가리키며 말했다.

"들어가라. 우리 일은 여기까지다."

사십육호는 산장을 향해 걸었다. 교관들은 그런 사십육호의 뒷모습을 똑바로 쳐다보았다. 교관들이 선 곳에서 산장까지의 거리는 그리 멀지 않았다. 삼 장 정도 되는 거리를 걸으며 사십육호는 여러 가지 생각을 하였다.

교관들이 지켜보는 이유는 무엇인가?

혹여라도 산장에 들어가지 않고 다른 곳으로 도망칠까 봐 그러는 것일까?

평소에는 하지 않던 잡생각이 들끓었다. 이유는 알 수 없었다. 산장 문을 열면 무엇이 있을지 상상하는 것만으로도 가슴이 두근거렸다.

사십육호는 문을 열었다.

산장 안에는 이미 몇 사람이 저마다 자리를 차지하고 있었다. 사십육호는 눈동자를 굴리며 그들 하나하나를 빠르게 파악했다.

모두 네 명.

남자가 둘이었고, 여자가 둘이었다.

나이대가 모두 달랐는데, 적어도 사십육호보다 어려 보이는 이는 한 명도 없었다. 가장 나이가 많아 보이는 남자는 앳된 티가 조금도 남아 있지 않았다. 입고 있는 검은 훈련복만 아니라면 교관이라 해도 믿을 정도로 건장한 청년이었다.

사십육호는 청년을 본 순간, 무언가 압도당하는 기분을 느꼈다. 청년의 희고 잘생긴 얼굴 때문이 아니었다. 당시에는 몰랐지만, 나중에는 알게 된 '타고난 기품'이란 개념 때문이었다. 청년은 왕의 상을 가지고 있었다.

다른 하나는 청년보다 조금 어려 보이는 남자였다. 이목구비가 뚜렷하고 눈썹이 짙은 호랑이 상이었다. 연한 갈색에 가까운 두 눈동자가 무척이나 영리해 보였다.

여자 둘은 나이 차가 그리 많이 나지 않는 듯했다. 어리고 여자를 모르는 사십육호조차도 얼굴을 마주한 순간 저도 모르게 뺨을 붉힐 수밖에 없는 미녀들이었다.

조금 더 나이가 든 쪽은 청순함이 물씬 풍겼다. 사십육호는 그녀를 보며 기억 속에 흐릿하게나마 남아 있는 어머니를 떠올렸다. 어린 쪽은 반대로 눈매부터 시작해 작은 몸짓까지 요염함이 흘러넘쳤다. 어리다고 표현했으나 이미 여인의 굴곡이 완연한 몸이었다.

사십육호는 자신의 시선에 눈을 빛내며 입술을 핥는 그녀를 더는 쳐다볼 수 없었다. 얼른 눈을 돌려 빈자리를 찾아낸 뒤 자리를 잡았다.

남자 둘은 왼쪽 벽에 붙어 있었고, 여자 둘은 오른쪽 벽에 붙어 있었다. 사십육호는 홀로 가운데에 앉아 문 쪽을 쳐다보았다.

산장 안의 누구도 말이 없었다. 사십육호에 이어 두 사람이 더 들어왔을 때 역시 마찬가지였다. 새로 들어온 것은 남자 하나와 여자 하나였다. 남자는 앞의 둘보다는 어려 보였지만, 그래도 역시 사십육호보다는 몇 살은 더 연상일 듯했다. 여자는 평범했다. 아니, 분명 제법 고운 아이였지만 벽에 붙어 앉아 있는 두 사람 때문에 평범해 보였다. 사십육호와 비슷한 또래로 보이는 그녀는 잠시 주저하다가 사십육호 근처에 자리를 잡고 앉았다.

산장 안에 일곱 사람이 모였다. 하지만 누구 하나 자신을 소개하지 않았다. 모두 모인 뒤 한 시진이 더 지나 한기가 도는 밤이 되었을 때, 산장 문이 다시 열렸다.

산장 문을 열고 들어선 것은 젊은 남자였다. 피부가 희고 키가 무척이나 컸다. 눈동자는 푸른색이었는데, 색목인이란 느낌은 들지 않았다. 아니, 애당초 색목인 이라는 개념조차 없는 사십육호였다. 그저 남자의 모습 에 본능적인 이질감을 느낄 뿐이었다.

남자는 교관들과 같은 옷을 입고 있었지만 얼굴을 가 리진 않았다. 턱 아래로 세모꼴 수염이 작게 나 있었고, 코와 인중 사이에는 동그랗게 말린 수염이 장난처럼 자 리했다.

남자는 손에 들고 있던 검고 모양 없는 지팡이를 빙 글 돌렸다. 그가 말했다.

"너희들이구나."

사십육호를 비롯한 산장 안에 있던 훈련생 일곱은 모 두 자리에서 일어섰다. 그들 가운데 누구도 섣불리 입 을 열지 않았다. 하지만 남자는 개의치 않는다는 듯이 한 명, 한 명의 얼굴을 돌아보았다.

"남자 셋에 여자 넷이 좋겠다고 했는데 남자 넷에 여자 셋이라니, 암룡이란 곳도 생각보다 인재가 없나 보군."

남자는 홀로 낄낄 웃더니 가슴을 펴며 말했다.

"너희 일곱은 이제 모두 형제이며, 자매이며, 남매이다.

나를 포함해 우리 여덟 사람은 오늘부터 한 가족이지."

사십육호는 남자의 말을 이해하기 힘들었다. 그러기는 다른 훈련생들 역시 마찬가지인 모양이었다. 하지만 남자는 이번에도 아랑곳하지 않았다. 그저 자신이 하고픈 말을 계속했다.

"마음이 맞는다면 너희끼리 사랑을 나누고 아이를 낳고 살아가는 것도 나쁘지 않을 것이다. 중요한 것은 이제 우리가 '가족'이란 사실이니 말이다."

남자는 가족을 강조했다. 사십육호는 남자의 언행에서 일종의 집착을 느꼈다.

남자는 훈련생들에게서 이렇다 할 반응이 없자 쩝, 하고 몇 번 혓소리를 내더니 이내 다시 웃으며 모두에게 물었다.

"왼쪽부터 차례대로 뭐라고 불렸는지 말해 봐라."

"삼호."

가장 나이가 많은 훈련생이 입을 열자 연이어 자신들의 번호를 입에 담았다. 모두 들은 남자는 고개를 가로저었다.

"우리는 가족이다. 그러니 번호 따위가 아닌 서로를 부를 이름이 필요하다. 내가 지어 주면 재미가 없겠지. 너희가 서로에게 이름을 지어 주도록 해라. 그것이 내

가 너희에게 내리는 첫 과제이다. 기한은 넉넉히 줄 터
이니 조급해하지 말고 좋은 이름을 지어라."

과제라는 말에 훈련생들의 눈빛이 약간이지만 변했다.

눈앞의 남자가 새로운 교관인 것일까?

남자는 시선의 뜻을 이해했고, 선선히 답해 주었다.

"그래, 내가 너희들의 스승이다."

남자의 얼굴은 환히 웃고 있었다. 하지만 사십육호는
남자의 눈만은 웃고 있지 않음을 놓치지 않았다.

공허한 웃음. 꾸며 낸 거짓 웃음.

그것이 스승님과 십삼조의 첫 만남이었다.

☯

"일단 자기소개라도 해 볼까?"

'스승'이 나가고 한식경이 지나도록 훈련생들이 서
로의 눈치만 살피자 가장 나이가 많은 청년, 스스로를
삼호라 밝힌 자가 모두를 돌아보며 말했다.

두 번째로 나이가 많은 연한 갈색 눈의 남자, 십일호
가 말을 받았다.

"소개할 거나 있을까? 다들 비슷할 터인데. 과거를
캐서 좋을 것도 없고 말이야."

사십육호는 과거를 기억하지 못했지만, 십일호는 아닌 모양이었다. 여자 셋 중에 가장 나이가 많은 십팔호 역시 안색이 어두워졌다.

청년이 눈썹을 살짝 찌푸리더니 다시 밝은 얼굴로 말했다.

"그럼 나이라도 말해 보지."

"나이 같은 거 모르는데?"

이번에 되물은 것은 가장 나이가 어린 여자였다. 신조와 엇비슷해 보이는 삼십구호는 어쩐지 모르게 약간은 주눅이 든 모양이었다. 신조보다는 나이가 많지만 다른 남자 둘보다는 어린 이십이호가 어깨를 으쓱였다.

"그래도 대강은 알 거 아냐? 말 꺼낸 그쪽부터 이야기하는 게 어때?"

턱짓으로 삼호를 가리키자 삼호가 씩 웃었다.

"난 아직 약관은 안 되었을 거다."

"나도 방년은 안 되었을걸. 언니도 그렇지?"

마지막 남은 여자 십구호가 그리 말하며 어깨로 십팔호를 건드렸다. 갑작스런 친한 척에 십팔호가 살짝 놀란 얼굴로 고개를 끄덕였다.

"어…… 응."

묘하게 기쁘면서도 당황하는 모습이 무척이나 아름다

웠다.

십일호가 삼호 쪽을 보며 툭 던지듯 말했다.

"난 왠지 댁보다는 어린 것 같군. 약관까진 그래도 아직 몇 해 남은 것 같으니."

"난 내 나이를 알아. 난 열다섯이야."

바로 줄지어 말한 것은 이십이호였다. 그는 꼭 붙어 안아 있는 십팔호와 십구호를 번갈아 가리켰다.

"나보다 누나 같고, 나보다 동생 같아."

십구호가 까르르 웃었다.

"그럼 그렇게 할까? 너가 딱 중간이네, 그럼."

"내가 오빠 같다니까?"

"얼마 차이도 안 나 보이는데 존댓말 듣고 싶어? 응? 오빠?"

"존댓말은 됐고, 오빠 소리는 듣기 은근히 좋네."

이십이호와 십구호는 죽이 맞는지 그렇게 잡담을 주고받았다. 분위기가 어느 정도 풀리자 삼호가 삼십구호와 사십육호에게 시선을 돌렸다.

"너희 둘 중에 하나가 막내겠네."

"난 아냐."

삼십구호가 바로 말했다. 마치 먼저 말하는 쪽이 임자라는 태도였다. 그 모습에 십구호가 까르르 웃으며 삼십구호를 끌어안았다. 삼십구호는 별말 없이 그런 십구호의 품에 안겼다.

"그럼 네가 막내인가?"

삼호는 여전히 웃는 얼굴이었다. 사십육호는 이런 분위기가 낯설었다. 사십육호는 자신과 비슷한 나이대의 아이들과 훈련을 했다. 그들은 모두 지쳐 있어 좀처럼 웃지 않았다.

나이가 좀 더 든 훈련생들은 다들 이렇게 분위기가 밝은 것일까?

"막내가 되면 안 좋은 게 있나?"

사십육호가 또박또박 묻자 삼호가 어깨를 으쓱였다.

"아까 그 스승이란 사람 말대로 우리가 가족이라면……크게 나쁠 건 없겠지?"

"막내는 귀염둥이인 법이지."

십구호가 은근한 미소를 보내자 사십육호는 묘한 기분이 들었다. 열병이라도 난 것처럼 얼굴이 달아올라 얼른 고개를 숙였다.

이십이호가 손바닥을 짝짝, 소리 나게 쳐서 모두의 시선을 모았다.

"대강 정해졌네. 일곱 남매라니, 많기도 하다."

첫째가 삼호, 둘째가 십일호, 셋째가 십팔호, 넷째가

이십이호, 다섯째가 십구호, 여섯째가 삼십구호, 막내
가 사십육호.

십구호가 자리에서 벌떡 일어섰다.

"그럼, 이제부터 이름을 지어 보도록 할까?"

눈이 반짝반짝 빛나는 것이, 현 상황을 무척이나 재
미있어 하는 눈치였다. 이십이호가 손사래를 쳤다.

"너무 막 짓지는 말자고. 시간이라면 넉넉하게 주겠
다고 했잖아."

"왜 갑자기 집착을 보일까? 미리 생각해 둔 거라도
있어?"

"아까도 말했지만, 내가 네 오빠거든?"

"네, 네. 오빠님."

십구호가 혀를 날름 내밀었다. 십팔호가 그런 십구호
의 팔을 잡아끌었다.

"이왕 짓는 이름이면…… 시간을 좀 더 들여서 잘 짓
는 게 좋을 것 같아."

사십육호처럼 그들도 진짜 이름을 잊었다.

번호가 아닌 이름.

이곳에 끌려오기 전까지는 가지고 있던 그것.

이야기가 잠시 끊어졌다. 삼호는 다시 분위기를 전환
시키려는 듯 입을 열었다. 그런데 준비한 말 대신 다른 말을 꺼냈다.

"뭐, 할 말이라도 있나?"

삼호가 바라본 것은 삼십구호였다. 십일호를 빤히 쳐다보던 삼십구호는 주저하듯 입술을 몇 번 달싹이더니 작은 목소리로 말했다.

"호랑이 같아."

십일호가 인상을 쓰며 삼십구호를 돌아보았다. 삼십구호는 입술을 앙다물었고, 십구호가 소리 내어 웃었다.

"호랑이 좋네, 호랑이. 그럼 이름을 호로 하는 건 어때?"

"뇌호(雷虎)가 좋을 것 같군."

삼호가 말했다. 십일호가 이번에는 삼호를 노려보았다. 은근한 노기가 섞인 눈이었다.

"너, 날 아나?"

"넌 모르지만 네 기색은 대강이나마 읽을 수 있을 것 같군."

사십육호는 두 사람의 대화를 이해할 수 없었다. 십일호는 한참이나 삼호를 노려보더니 고개를 끄덕였다.

"좋아, 난 오늘부터 뇌호다."

일곱 가운데 하나의 이름이 정해졌다. 삼호는 만족한 듯 가슴을 활짝 펴며 말했다.

"그럼 난 창룡(蒼龍)이라 짓겠다."

"자기가 짓는 게 어디 있어?"

"창룡이라니, 너무 거창하지 않아?"

차례대로 십구호와 이십이호였다.

삼호가 고개를 가로저었다.

"둘째가 호랑이인데 첫째는 용이어야지. 안 그래?"

"무슨 동물 농장이야? 그럼 나머지도 죄다 동물 이름으로 지어야겠네."

십구호가 피, 하고 바람 소리를 내며 그리 말했다. 의식하고 하는 것인지, 아니면 본능에 의한 것인지 알 수 없었지만, 애교가 뚝뚝 묻어나는 목소리와 몸짓이었다.

"동물도 괜찮은 것 같아."

십팔호가 눈을 깜박이며 그리 말했다. 머릿속으로 예쁜 동물들을 떠올리는 모양이었다. 십구호가 앙큼하게 웃었다.

"언니는 여우가 좋겠다. 청순한 척하면서 남자 간도 홀라당 빼먹을 요염한 여우니까 요호(妖狐)!"

"뭐?"

십팔호가 눈을 동그랗게 뜨더니 이내 얼굴을 살짝 붉혔다. 당혹스러움 반, 노여움 반이었다.

그날 결국 정해진 이름은 다섯 개였다.

첫째 창룡(蒼龍), 둘째 뇌호(雷虎), 셋째 요호(妖狐),

넷째 아랑(餓狼), 다섯째 애묘(愛猫).

나머지 두 사람의 이름은 조금 더 생각해 보고 정하기로 하였다.

사십육호는 이름을 갖게 된 '형과 누나'들을 보았다. 본인은 인식하지 못했지만, 훈련을 받기 시작한 이래 처음으로 희미하게나마 밝은 미소를 그렸다.

◕

스승이 돌아온 시간은 저녁 시간이 한참 지난 늦은 밤이었다. 스승은 이름을 물었고, 일곱 가운데 다섯이 답했다. 무에 그리 재미있는지 깔깔 웃은 스승은 남은 둘의 이름도 기대한다며 가지고 온 음식들을 산장 바닥에 늘어놓았다.

보기 드문 진수성찬이었다. 기억이란 걸 할 수 있을 때부터 훈련생으로 살아온 사십육호에게는 밥과 몇 가지 나물을 제하고는 하나같이 처음 보는 음식들이었다.

"간만에 솜씨 발휘 좀 했다. 얼른 먹고, 우리 살 집으로 이동하자."

"직접 만드신 건가요?"

요호가 물었고, 스승이 고개를 끄덕였다.

"내가 못하는 것이 없거든."

그렇게 말하는 스승의 눈은 왠지 모르게 무서웠다. 스승이 먼저 식기를 들었고, 연이어 일곱 훈련생도 식사를 개시했다.

사십육호는 저도 모르게 음식 집는 손을 빨리했다. 거의 빨아들이다시피 음식을 먹어 치웠다. 기실 두 끼를 굶은 셈이라 배가 고프기도 했지만, 난생처음 먹는 진수성찬에 그간 억눌러 온 어린아이다운 모습이 드러난 것이었다.

스승도, 훈련생들도 그런 사십육호를 탓하지 않았다. 마찬가지로 먹는 데 정신이 팔린 삼십구호에게 또한 그러했다.

식사가 모두 끝나자 스승은 훈련생들을 데리고 길을 나섰다. 밤이 깊은 산은 위험했지만 스승은 어둠 속에 길이 훤히 보이기라도 하는지 나들이 가듯 사뿐사뿐 걸었고, 훈련생들은 그 뒤를 따랐다.

스승이 도착한 곳은 절벽 앞, 정확히 말해 까마득한 낭떠러지의 밑 부분이었다. 절벽에 나란히 뚫린 일곱 개의 동굴 앞에는 나무로 만든 제법 큰 집이 있었다.

"방은 세 개다. 하나는 내 것이고, 하나는 남자들, 하나는 여자들 방이다."

큰 방 세 개와 부엌이 하나, 측간과 창고, 욕실이 하나씩 딸린 집이었다.

절벽 바로 옆으로 강이 흘렀기에 물을 구하기도 쉬웠다. 작은 텃밭이라도 하나 꾸린다면 그럭저럭 여덟 식구가 먹을 잔반도 마련할 수 있을 것 같았다.

스승이 말했다.

"대충 씻고들 자라. 내일부터 본격적으로 시작할 터이니."

무엇이 시작되느냐고 묻는 훈련생은 없었다. 사십육호는 창룡, 뇌호, 아랑과 함께 큰 방에서 잠들었다.

◐

이른 아침에 훈련생들과 스승이 집 앞에서 마주 섰다. 스승은 특별한 날은 자기가 솜씨를 발휘하겠지만, 다른 날은 순번을 정하든 전담 인원을 두든 알아서들 식사를 처리하라 말했다.

사십육호와 삼십구호는 태어나서 지금까지 요리라는 것을 해 본 적이 없었지만, 위의 다섯은 아닌 모양이었다. 나중에 순번을 정하기로 하고 우선은 다섯이 함께 식사를 만들었다. 어제 스승만큼은 아니었지만 다섯 중에 솜씨 좋은 사람이 있는지 썩 괜찮은 식사였다.

식사를 마친 뒤 스승은 일곱 명 전원에게 같은 훈련을 시켰다. 아니, 훈련이라기보다는 시험에 가까운 것이었다. 하지만 조금 특이했다. 어떤 무공을 익혔는지, 숙련도는 어느 정도나 되는지를 파악하지 않고 성격이나 신체의 장단점을 살피는 쪽에 가까웠다.

"일단은 한 일주일 정도 이것저것 해 보고…… 각각 뭘 가르칠지는 그때 가서 정해 보자."

저녁 식사 후, 스승은 내일 돌아오겠다며 집을 떠났다. 훈련생들은 적당히 몸을 씻은 뒤 남자들 방에 모였다. 창룡이 이야기를 나누자고 제의했기 때문이다.

창룡이 먼저 자신이 살아온 이야기를 했다. 훈련을 받기 시작했을 때부터 지금까지의 이야기였다.

"사실 너희도 모두 받은 훈련이니 크게 할 이야기도 없어. 다만 삼십구호랑 사십육호는 아직 겪지 못한…… 그리고 내 생각이 맞다면 겪지 않을 일들을 겪은 것뿐이지."

푸근하게 웃은 창룡은 이곳 '암룡'의 훈련이 총 세 단계로 구성되어 있다고 말했다.

"삼십구호랑 사십육호는 아직 훈련의 일단계야. 일단계는 말이지, 어떤 의미로는…… 이런 말하기 뭐하지만, 가장 훈련병들의 가치가 작게 측정될 때이지. 직접 겪어 보았겠지만, 일단계 때는 교관들이 훈련생들을 꽤 나 가혹하게 다뤄. 죽어도 상관없다는 식이랄까…….. 실제로 훈련 도중에 죽는 이들도 많고 말이야."

틀린 말이 아니었기에 사십육호는 그저 고개만 몇 번 끄덕였다. 요호는 그런 사십육호와 삼십구호를 슬쩍 끌 어안았고, 두 사람은 요호의 손길을 거부하지 않았다. 어미 품을 모르는 두 아이에게 요호의 손길과 따스한 온기는 본능적인 그리움을 이끌어 냈다.

"이단계부터는 훈련 중에 죽는 일이 꽤 줄어들어. 그 리고 보다 전문적인 것들을 배우지. 암호를 해독하는 방 법이라든지…… 뭐, 그런 각종 첩보에 관련된 것들 말 이야. 물론 무공 훈련도 계속되고."

이단계 훈련에서 사망자가 적은 이유는 훈련이 녹록 해서가 아니었다. 일단계에서 살아남은 '강골' 들만이 이단계로 나아가기 때문도 있었지만, 그보다는 암룡의 훈련생 관리에서 일단계와 현격한 차이가 나기 때문이 었다.

"몇 년이나 투자를 했으니까 그쪽도 슬슬 아까운 거 지. 그리고 억압만 해서는 제대로 된 요원을 길러 낼 수도 없으니까."

아랑이 툭 던지듯 말했다. 사십육호는 그런 아랑의 말을 이해할 수 없었지만, 다른 이들은 아닌 모양이었다.

창룡이 말을 이었다.

"아마 우리 중에서는 아랑과 애묘가 이단계였을 거야. 그렇지?"

"그렇……."

"난 아냐. 난 삼단계였어."

아랑의 말을 잘라먹은 것은 애묘였다. 도발하듯 빛나는 그녀의 눈동자에 아랑은 얼굴을 구겼고, 뇌호는 피식 웃었다.

"그래. 아무튼 이단계 훈련이 끝나면 삼단계에 돌입하지. 이때부터는 실전에 투입돼. 임무 중에 사망하는 일도 물론 있지. 하지만 훈련 중에 죽는 일은 거의 없어. 아니, 그냥 없다고 봐도 돼. 난 삼단계를 끝내기 직전이었어. 이제 훈련 다 마치고 정식 요원이 돼서 조 배치 받나 싶던 차에 이곳에 오게 된 거야."

창룡이 뇌호와 요호를 돌아보았다.

뇌호가 턱을 긁적이며 말했다.

"나도 삼단계였어. 하지만 창룡이나 요호, 애묘와는 만난 적이 없지. 창룡이 말을 안 했지만, 이단계부터는 훈련생들도 다섯 명에서 여덟 명 정도로 구성된 '조'로 세분화되거든. 두 개에서 세 개 조 정도만 함께 훈련을 하는 터라 그 외 다른 '조'의 인원은 아예 만날 수도 없어. 당장 우리가 가지고 있던 번호도 내가 알기로는 고유 번호가 아니야. 우리 중에 번호가 똑같은 사람이 있었을지도 모른다는 이야기지."

삼십구호가 눈을 껌벅이며 요호를 올려다보았다.

요호가 시선을 느껴 고개를 숙이자 물었다.

"그럼 언니도 실전에 나가 봤어요? 사람도 죽여 봤고요?"

요호의 얼굴이 순간 굳었다. 그녀는 입술을 몇 번 달싹이던 끝에 겨우 쥐어짜 낸 목소리로 답했다.

"……응."

더는 말을 길게 잇지 못했다. 사십육호는 반사적으로 손을 들어 삼십구호의 머리를 때렸다.

아얏, 소리를 낸 삼십구호가 자리에서 벌떡 일어섰다.

"왜 때려!"

사십육호는 대답하는 대신 삼십구호를 노려만 보았다. 애묘가 삼십구호를 자기 쪽으로 당겨서 끌어안더니 특유의 요염한 미소를 흘리며 말했다.

"나도 실전에 나가 봤어. 사람 죽이는 살벌한 임무는

아니고…… 어디 침투하거나 사내를 유혹하는 종류의 임무였지만 말이야. 요호 언니도 아마 나랑 비슷한 임무에 투입되었을 거야."

요호는 긍정도, 부정도 하지 않고 고개만 살짝 숙였다. 사십육호는 그런 요호의 변화에 시무룩한 표정을 지었고, 삼십구호도 일단은 입을 다물었다.

'암룡'은 평시엔 암살 기관이라기보다는 첩보 기관에 가까웠다. 미색이 뛰어난 여자 요원들을 이용해 남자를 유혹하고 정보를 캐내는 일은 예사였다. 애묘는 웃으며 별거 아니라는 식으로 말했지만, 애묘나 요호가 실전에서 무슨 일을 겪었을지는 빤하였다. 이단계와 삼단계에서 어떤 수련을 했을지도 말이다. 그렇지 않아도 미색이 뛰어난 둘이 아니던가.

아랑이 분위기를 전환하려는 듯 손을 휘휘 휘저으며 입을 열었다.

"아무튼 창룡 형 말대로 삼단계로 구성되어 있어. 난 그래서 처음 이곳으로 보내졌을 때 '이제 삼단계 훈련을 하는구나' 했지. 아니, 사실 창룡 형이 말하기 전까지는 이게 삼단계라고 생각했어. 그런데 아무래도 아닌 모양이야."

삼십구호와 사십육호는 너무 어렸다. 도저히 삼단계

훈련을 받을 나이가 아니었다.

한 명의 스승과 일곱 명의 제자.

스승이란 자가 말한 가족 놀이.

애묘가 눈을 가늘게 뜨고 모두를 돌아보았다.

"우리가 나름 가려 뽑은 정예란 말일까? 맞는 것 같기도 하고, 아닌 것 같기도 하고."

마지막 시선이 머문 곳은 아랑의 얼굴이었다.

아랑은 사나운 미소로 답해 주었고, 애묘는 까르르 웃었다.

연령대가 다양한 것으로 보아 애묘의 말대로 암룡 훈련생들 가운데서 가려 뽑은 일곱일 가능성이 높았다. 그렇다면 이렇게 일곱을 가려 뽑은 이유는 무엇일까?

특별한 조를 만들기 위해서?

"어떤 사람 같아?"

창룡이었다.

아랑이 빤한 되물음으로 답했다.

"누구?"

"스승…… 님."

훈련생에게 교관은 있었지만 스승은 없었다. 그건 일단계도, 삼단계도 마찬가지였다. 그런데 이제 일곱 훈련생에게는 스승이 생겼다. 중원인이 맞기는 한 건지도

의심되는 기이한 외모를 가진 스승이 말이다.

일곱은 저마다 오늘 하루를 함께한 스승의 얼굴을 떠올려 보았다.

누군가 말했다.

"이상한 사람."

스승은 이상한 사람이 맞았다.

하지만 그는 동시에 대단한 사람이기도 했다.

그는 일곱 명에게 모두 다른 것을 가르치겠다고 말했다. 집 뒤에 난 일곱 동굴은 훈련생 각자의 훈련 장소였다.

"너희가 배운 것을 공유하지 마라. 어떤 것을 배웠다고 대강 이야기하는 것은 되지만, 요체를 전하는 것은 안 돼. 모두 너희를 위한 것이다. 너희 중 누구도 내 가르침을 둘 이상 감당할 수 없을 거다."

스승은 창룡에게는 강력한 무공을, 뇌호에게는 병법과 지략을, 요호에게는 방중술과 상대를 현혹하는 환술을, 아랑에게는 정보를 다루는 비법을, 애묘에게는 의술과 독공을, 삼십구호에게는 주술을, 사십육호에게는 신법과 암살 기능을 전수하겠노라 선언했다.

스승은 일곱 훈련생을 하루에 한 시진씩 가르쳤다. 그 외 시간은 홀로 수련하라 했다. 그리고 식사 시간에는 일곱을 모두 한자리에 모아 함께 식사를 하게 했다. 이유는 단순했다.

"가족이니까."

그것만이 아니었다. 칠 일에 한 번은 휴일이라며 홀로 수련하는 것을 금했다. 수련을 하든 사냥을 하든, 아니면 낮잠을 자든 반드시 일곱이 함께하게 했다.

어찌 보면 참으로 여유가 넘치는 수련이었다. 하지만 일곱은 각자 배운 분야에서 무서운 속도로 실력을 길렀다. 일곱은 스승에게 기예를 전수받으며 모두 같은 생각을 했다.

자신이 현재 배우고 있는 것과 동등한 수준의 기예를 다른 '형제자매'들도 익히고 있다.

스승은 그 모든 기예의 달인이다.

그것이 가능한 것인가?

한 사람이 이처럼 많은 분야에서 신과 같은 능력을 가질 수 있는 걸까?

어느 날인가 식사 시간에 아랑이 참지 못하고 물었다.

"스승님은 대체 얼마나 강하신 거죠?"

삼십구호와 사십육호는 '세상'을 몰랐다. 무림이라는 것이 존재하는지도 몰랐다. 하지만 아랑은 아니었다. 이단계부터는 훈련생들에게 세상을 가르쳤다.

아랑은 사황오제삼신을 떠올렸다.

무림의 열두 지존이라 불리는 초월자들.

스승님은 그들에 비할 수 있을까?

아니면 역시 그들보다는 못한 것일까?

제자가 스승에게 스승의 강함을 묻는 것은 단순히 '무례하다'로 끝날 일이 아니었다. 창룡과 요호, 애묘는 그것을 알았지만, 아랑을 탓하지 못했다. 저도 모르게 눈과 귀를 스승에게 집중시켰다.

스승이 입술만 비틀어 웃었다.

"이 세상에선 제일 강하다. 여기 식으로 부르면 천하제일무일려나?"

스승이 너무나 가볍게 천하제일을 입에 담았다. 하지만 허풍이란 느낌이 들지 않았다. 천하제일무가 이런 곳에서 암부 따위를 기르고 있을 이유가 없었지만, 거짓이라 생각할 수 없었다.

요 며칠 본 스승의 능력 때문이 아니었다.

스승의 말에는 힘이 있었다.

믿게 만드는 힘.

듣는 이로 하여금 그 말을 사실이라 여기게 만드는 힘.
질문을 던진 아랑이 마른침을 삼켰다.

천하제일.

천하제일무.

"아, 그런데 나도 이 세상에서 진 적이 한 번 있구나."
스승이 돌연 말했다. 요호가 만든 만두를 쩝쩝 씹어
삼키며 대수롭지 않다는 듯이 말을 이었다.

"괜찮다, '그치'는 죽었을 테니까. 그러니 내가 세상
제일이란 것도 거짓말이 아니지."

"그치는 누구죠?"

물은 것은 사십육호였다. 사십육호는 스스로가 질문
을 했다는 사실에 놀랐다. 하지만 이미 내뱉어진 말이
었다.

스승은 얼굴에서 미소를 거두었다. 사십육호의 물음
이 비위에 거슬려서가 아니었다. 노여움이 일었기 때문
은 더더욱 아니었다.

"번개의 용. 투귀, 수라."

쉴 새 없이 웃는 입술과 달리 언제나 공허하기만 했
던 스승의 두 눈동자에 일순이지만 감정이 실렸다.

어린 사십육호는 그 감정을 제대로 읽어 낼 수 없었
다. 하지만 나중에는 알 수 있었다.

경의. 경탄.

두 가지 감정의 뒤섞임이었다.

스승은 그날 이후 '번개의 용' 이야기를 더 하지 않았다. 제자들도 그 일에 대해 묻지 않았다.

훈련은 계속되었다. 모두가 함께 맞이하는 휴일도 벌써 세 번째였다.

휴일 아침에 제자들은 두 패로 나뉘었다. 한 패는 빨래를 하기로 했고, 다른 한 패는 사냥을 해 오기로 했다.

뇌호와 아랑은 당연하다는 듯이 창룡을 따라 사냥을 하러 갔고, 애묘와 삼십구호는 빨래를 담당한 요호의 곁에 남았다.

사십육호 역시 여자들과 함께 빨래를 했다. 아랑이 함께 사냥을 하러 가자고 했지만, 그보다는 요호의 곁에 있고 싶었기 때문이다. 아랑은 그런 사십육호를 놀리지 않았다. 사십육호가 요호에게 어떤 감정을 느끼고 있는지 잘 알았기 때문이다. 남녀 간의 애정 같은 것이 아니었다. 당연히 누려야 했으나 박탈당하고 만, 모성에 대한 그리움이었다.

아직 여름이기에 차가운 물이 좋으면 좋았지 싫지 않았다. 더욱이 빨래터라 할 수 있을 강이 멀리 있는 것도 아니니 노동이라기보다는 놀이라는 느낌마저 들었다.

빨래는 일찌감치 끝났다. 삼십구호나 사십육호나 손은 고사리만 했지만 내공을 운용할 줄 알았기에 여간한 성인 장정만큼의 힘을 냈다. 깨끗하게 빤 옷들을 모두 빨랫줄에 너는 데까지 한 시진이 채 걸리지 않았다.

요호가 모두에게 제의했다.

"나물 캐러 가지 않을래?"

이 근방 일대 모두가 스승의 훈련소였다. 산에는 스승과 제자, 여덟 말고는 아무도 없었다. 너무도 자유스러워 마치 훈련이고 뭐고 싫어지면 내키는 대로 떠나라고 말하는 것만 같았다. 하지만 가장 어린 사십육호도 그런 생각을 하지 않았다. 나간다는 발상 자체를 못하기 때문이 아니었다.

어느 경계를 넘어서면 분명 지켜보는 눈이 있으리라.

그리고 사십육호는 지금 생활이 좋았다.

요호와 애묘는 삼십구호와 사십육호에게 먹을 수 있는 나물과 버섯을 알려 주었다. 사십육호가 얼른 버섯 하나를 캐 와 먹을 수 있냐고 묻자 요호가 잘했다며 머리를 쓰다듬어 주었고, 그 모습에 삼십구호가 눈빛을 날카롭게 하며 주변을 휙휙 돌아보았다. 어느 순간, 신형을 날려 산자락을 타고 올라가더니 잽싸게 뭔가를 캐서 내려왔다.

"자."

삼십구호가 자랑스럽게 내민 것은 나물이었다. 빨리
뜯는다고 손을 마구 놀린 탓에 먹을 수 있는 것이 얼마
남지 않았지만, 그래도 요호는 빙긋 웃었다. 사십육호
에게 해 주었던 것처럼 잘했다고 칭찬하며 삼십구호의
머리를 쓰다듬었다.

"헤헤."

삼십구호가 바보처럼 웃었다. 칭찬에 인색한 교관들
에게 잘했다는 말을 들었을 때도 지금처럼 기분이 좋진
않았다.

사십육호는 입술을 삐쭉이며 투덜거렸다.

"멧돼지 같아."

"뭐야?"

삼십구호가 코를 실룩였다. 사십육호는 그런 삼십구
호를 똑바로 쳐다보더니 돌연 생각났다는 듯 말했다.

"맹저(猛猪). 네 이름으로 맹저는 어때?"

그야말로 멧돼지 같은 이름이었다. 요호는 고운 아미
를 찡그렸고, 어지간하면 웃고 보는 애묘도 고개를 내
저었다.

"재미있긴 하지만…… 그래도 너무하다. 여자애 이름

이잖니."

애묘가 사십육호를 타박했다.

사십육호는 머리를 긁적였다.

"음, 그럼……."

"좋아."

사십육호가 고개를 번쩍 들었다.

요호와 애묘도 눈을 깜박였다.

삼십구호가 다시 말했다.

"좋다고. 난 오늘부터 맹저 할래."

이번엔 사십육호가 눈을 깜박였다.

요호와 애묘가 시선을 교환했다.

여자아이의 이름이었다. 어쩌면 평생 쓸 이름일지도
몰랐다.

요호와 애묘도 썩 좋은 이름이라 할 수는 없었지만,
그래도 듣는 순간 여자 이름이란 걸 쉬이 알 수 있었다.
하지만 맹저는 아니었다. 어떻게 보아도 남자 이름이
아닌가.

하지만 요호도, 애묘도 굳이 반대하지 않았다. 어리
긴 하나 삼십구호도 나름 생각이 있겠거니 했다.

"이제 너만 이름이 있으면 되겠네?"

애묘가 사십육호의 양어깨 위에 부드럽게 손을 올렸

다. 이제는 정말 사십육호를 제외하고는 모두 이름을 정했다. 사십육호 자신은 어떤 이름을 지어야 하는 걸까?

"저기, 괜찮다면 내가 지어도 될까?"

말한 것은 요호였다.

사십육호는 얼른 고개를 끄덕였다. 사실 다른 누구보다도 요호가 지어 준 이름이 갖고 싶었다.

"좋은 이름이라도 생각난 거야?"

애묘가 이번엔 사십육호의 머리 위에 턱을 얹으며 물었다.

요호가 고개를 끄덕였다.

"신조(迅鳥)가 어때? 신법이 특히 뛰어나기도 하고, 멋지잖아?"

"하긴, 경공 하나는 타고난 것 같긴 하더라. 나중에 고수되면 진짜 훨훨 날아다닐지도 모르지."

애묘가 도란도란 고개를 끄덕인 뒤 삼십구호를 보았다. 삼십구호는 자기 이름도 아니건만 신조라는 이름을 몇 번인가 소리 죽여 중얼거렸다.

"신조……."

"마음에 안 드니?"

요호가 걱정스런 얼굴로 사십육호에게 물었다.

사십육호는 자기 머리 위에 애묘가 턱을 얹고 있든

말든 얼른 고개를 가로저었다.

"아냐, 나도 좋아. 내 이름은 이제부터 신조야."

사십육호도 이름을 정했다.

이로써 일곱 제자 모두 이름을 갖게 되었다.

첫째, 창룡(蒼龍).

둘째, 뇌호(雷虎).

셋째, 요호(妖狐).

넷째, 아랑(餓狼).

다섯째, 애묘(愛猫).

여섯째, 맹저(猛猪).

일곱째, 신조(迅鳥).

훗날 암룡의 전설이라 불릴 십삼조의 시작이었다.

〈『불사신조』 제2권에서 계속〉

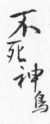

不死神鳥

1판 1쇄 찍음 2014년 1월 23일
1판 1쇄 펴냄 2014년 1월 28일

지은이 | 이주용
펴낸이 | 정 필
펴낸곳 | 도서출판 **뿔미디어**

편집장 | 이재권
기획·편집 | 윤영상
편집디자인 | 이진선

출판등록 | 2002년 9월 11일 (제081-1-132호)
주소 | 경기도 부천시 원미구 상동로 117번길 49(상동) 503호 (우)420-861
전화 | 032)651-6513 / 팩스 032)651-6094
E-mail | bbulmedia@hanmail.net
홈페이지 | http://bbulmedia.com

값 8,000원

ISBN 979-11-7003-008-9 04810
ISBN 979-11-7003-007-2 04810 (세트)

※파본은 구입하신 서점에서 교환하여 드립니다.

※이 책은 (도)뿔미디어를 통해 독점 계약되었습니다.
저작권법에 의해 보호를 받는 저작물이므로 무단 전재와 무단 복제를 엄금합니다.

http://www.bbulmedia.com

http://www.bbulmedia.com